KB262396

까불지마!

무람 장편 소설

FUSION FANTASTIC STORY

까불지 마! 6

무람 장편 소설

초판 1쇄 찍은 날 § 2013년 10월 14일
초판 1쇄 펴낸 날 § 2013년 10월 21일

지은이 § 무람
펴낸이 § 서경석

편집부장 § 권태완
편집책임 § 어정원

펴낸곳 § 도서출판 청어람
등록번호 § 제1081-1-89호
등록일자 § 1999. 5. 31
어람번호 § 제1-1682호

주소 § 경기도 부천시 원미구 심곡2동 163-2 서경B/D 3F (우) 420-822
전화 § 032-656-4452팩스 § 032-656-4453
http://www.chungeoram.com
E-mail § chungeorambook@daum.net

ⓒ 무람, 2013

ISBN 978-89-251-3492-5 04810
ISBN 978-89-251-3142-9 (세트)

※ 파본은 구입하신 서점에서 교환하여 드립니다.
※ 저자와 협의하여 인지를 붙이지 않습니다.
※ 이 책은 도서출판 청어람과 저작자의 계약에 의해 출판된 것이므로,
　 무단 전재 및 유포 · 공유를 금합니다.

까불지마!

무람 장편 소설

FUSION FANTASTIC STORY

6

[완결]

도서출판 청어람

까불지마!

CONTENTS

1장

부산의 조직 자갈치파

까불지마!

"이제 조금 편하게 쉬겠군."

집에 도착한 태영은 잠시 한숨을 돌렸다.

하지만 그런 태영을 기다리고 있는 불쾌한 뭔가가 있었다.

자신을 주시하는 누군가의 시선이었다.

아직 한국에 입국한 지 얼마 되지도 않았는데 벌써 자신을 주시하고 있는 사실에 태영은 은근히 짜증이 났다.

놈들이 누구인지는 모르지만 감히 자신의 휴식을 방해하는 존재라는 생각이 밀려온 탓이었다.

미국까지 힘들게 가서 놈들을 박살 내려고 하였는데 결국

폼만 잡고 온 상황이라 태영의 기분이 그리 좋지 않았다는 점
도 한몫했다.

"어떤 놈들인지는 모르지만 아주 귀찮게 한 대우를 해주도
록 하마."

태영은 그렇게 생각을 하고는 빠르게 자신을 주시하는 시
선이 있는 곳을 찾기 위해 기감을 확장했다.

이미 내기를 이용해 사람을 찾는 것에는 도통한 태영이었
기에 놈들을 찾는 일은 금방이었다.

한동안 기감을 넓혀 주변을 살피던 태영은 얼마 안 있어 이
를 갈무리했다.

태영은 놈들이 머물고 있는 곳을 보고는 입가에 비릿한 미
소를 머금었다.

아마도 자신에 대해 잘 모르는 놈들인 것 같은데, 오늘 제
대로 스트레스를 해소시킬 놈들이라는 생각이 들어서였다.

"흐흐흐, 가뜩이나 짜증이 났는데 아주 잘 걸렸다. 이놈들
아."

태영은 그렇게 생각하고는 놈들이 있는 곳의 반대 방향 창
문을 통해 밖으로 뛰어 내렸다.

태영의 집에서 멀지 않은 한 여관.

그곳에는 세 건달이 방을 지키고 있었다.

그들의 시선은 돌아가며 창밖을 향하고 있었는데, 느긋하게 맥주를 마시며 그들은 한 곳을 바라보고 있었다.

바로 태영의 집이었다.

이들은 태영의 집 정문을 바라보느라 여념이 없었다.

"감시 잘해라. 놈이 어디를 가버리면 곤란하니 말이다."

담배를 빼어 물고 한 대 피우던 사내가 자신의 동생들에게 이렇게 말했다.

"걱정 마십시오, 형님."

그들은 닥쳐온 위기를 전혀 알지 못한 채 희희낙락하고 있었다.

이미 자신들의 방 앞으로 태영이 와 있다는 사실을.

반대편 창문을 통해 뛰어내린 태영은 살짝 우회하여 감시자들이 머물고 있는 집에서 멀지 않은 여관으로 향했다.

여관에 들어선 태영은 주인이 잠시 카운터를 비운 틈을 타 저들이 있는 방까지 단숨에 올라갔다.

그리고 그들의 방에 도착했을 때 태영은 내기를 운용하여 방문을 조용히 열었다.

덜컥!

스으윽!

태영이 갑자기 자신들의 앞에 나타나자 놈들은 기겁하며

당황해했다.

"어떻게 네놈이?!"

"여기는 어찌 알고 들어온 거냐?!"

창밖을 주시하고 있던 한 사내는 놀라 눈만 동그랗게 뜬 채 아무런 말도 하지 못했고, 앉아서 잠시 맥주를 들이켜던 두 사내는 잔뜩 당황한 어조로 입을 열었다.

그런 사내들과 달리 태영은 매우 느긋하고 여유로운 표정으로 그들을 보고 있었다.

이후에 벌어질 수 있는 사태를 대비하여 외부로 소리가 나가지 않도록 기막을 펼쳐두기까지 했다.

"감시하는 놈들이 내가 움직이고 있는 것도 모르고 있었나? 너희, 누구냐?"

태영은 놈들의 외모와 복장 등을 보고 그들이 건달 조직에 속한 것을 알아차리고 물었다.

서울의 조직이라면 절대 자신을 건드리지 않을 텐데 놈들은 태영을 감시하고 있었다.

그렇다는 건 그들이 서울에 있는 조직이 아니라는 것을 뜻한다.

그렇기 때문에 그들이 누구인지 태영은 알 필요가 있었다.

게다가 그들의 상태를 봤을 때 하잘것없는 자들이라 위기의식조차 없었다.

　반면, 건달들은 태영이 오히려 자신들에게 질문하는 것에 인상이 험악해지고 있었다.

　"아이, 씨… 쪽팔리게 감시를 들키다니. 어디 가서 감시한다는 소리를 하지 말아야지 이거야 원."

　"그러게요, 형님."

　놈들은 태영이 태연한 이유를 모르고 자신들이 놀랐다는 것에 창피함을 느끼고 있었다.

　"아직 내 이야기를 듣지 못했나? 나를 감시한 이유를 물었는데?"

　태영이 다시 물었다.

　그런데 그 말을 할 때 태영의 눈빛이 점점 차가워지고 있다는 사실을 이들은 모르고 있었다.

　"이 새끼가 겁대가리를 완전 상실한 놈이잖아? 감히 우리가 누구인데 찾아와서 지랄이야. 이놈 손 좀 봐주고 이야기를 하자."

　"예, 형님."

　한 남자의 말에 두 놈은 빠르게 대답을 하며 태영의 앞으로 걸어왔다.

　태영은 놈들의 행동을 보고 웃음밖에 나오지 않았다.

　하지만 이런 놈들을 어찌 대해야 하는지를 태영은 너무도 잘 알고 있었다.

태영은 걸어오는 두 놈을 향해 빠르게 공격을 하였다.

빠각! 퍼석!

"크아악!"

"아악!"

두 놈은 동현의 일격에 다리가 부러지고 머리에서 피가 터졌다.

방에는 사방에 핏물이 터져 뿌려졌지만 태영은 눈빛은 그런 것에는 신경도 쓰지 않는 얼굴이었다.

태영은 천천히 남아 있는 남자에게 다가갔다.

남자는 태영이 일반인이라고 들었는데 무지막지한 놈이라는 것을 알게 되자 자신도 모르게 다리가 덜덜 떨렸다.

처음으로 공포가 무엇인지를 몸을 체험하고 있는 중이었다.

그만큼 방금 전 일격은 건달들에게는 엄청난 것이기 때문이었다.

"다시 묻지, 나를 감시한 이유는?"

"저, 기… 우리도 조직에서 지시를 받은 거라 잘 모릅니다."

"모르면 알게 하면 되겠지."

태영은 그렇게 말을 하고는 남자의 팔을 잡아채고는 사정없이 그대로 돌려 버렸다.

빠드득!

"크아악!"

"아직 생각이 안 나지?"

그제야 남자는 식은땀을 뻘뻘 흘리며 황급히 대답했다.

"아악! 납니다! 일본의 야쿠자 놈들! 그놈들이 부탁한 겁니다! 저희는 감시하고 놈들에게 연락해 주기만 하면 된다고 그렇게 말했습니다! 제, 제발……!"

"나를 감시하고 연락만 하면 된다고? 너희는 어디 조직이냐?"

"우리는 부산의 자갈치파입니다."

남자는 팔이 덜렁거렸지만 고통을 참고 묻는 말에 술술 진술하였다.

태영은 부산 조직이라는 말에 골치 아픈 표정을 지었다.

"어디냐? 네놈들 위치."

태영의 질문에 남자는 바로 대답을 하였다.

태영은 놈의 이야기를 들으며 오랜만에 부산에 한번 출장을 가야겠다는 생각을 굳혔다.

부산의 조직이라는 말을 듣고 인상을 쓴 이유는 바로 정세길 과장이 전에 자신에게 부탁한 것이 있어서였다.

정 과장이 부산에 마약을 움직이는 조직이 있다고 언급한 바 있었다.

그의 말에 따르면 놈들의 움직임이 하도 은밀해서 잡기가 힘들다고 태영에게 하소연하며 도움을 요청했던 것.

하지만 당시 태영으로선 해외로 나가야 하는 상황이었기 때문에 이를 조용히 거절한 바 있었다.

"하나만 더 묻자. 부산에 마약을 파는 조직은 어디냐?"

태영의 질문에 남자는 흠칫하는 얼굴이었다.

이는 남자가 어느 정도는 알고 있다는 이야기였다.

이에 태영의 눈이 빛났고, 남자를 보는 시선이 날카롭게 변하고 있었다.

그런 태영의 눈빛 탓에 남자는 더욱 공포를 느낄 수밖에 없었다.

앞서 태영이 다른 조직원들을 때려눕힐 때 보였던 그 눈빛이 저것이었다.

그 서늘하고 특유의 차가움에는 은은한 살기가 감돌고 있기 때문에, 일반인에 불과한 남자로선 위압감을 느낄 수밖에 없었다.

"저도 자세한 것은 모르지만 서면 어디에 놈들의 조직이 있다는 이야기를 들은 기억이 있습니다."

남자도 눈으로 확인한 것은 아니었고, 귀동냥으로 들은 이야기만 있었다는 투로 말했다.

하지만 태영의 눈에는 떨리는 놈의 목소리를 통해 지금 거짓말하고 있다는 사실을 알 수가 있었다.

태영의 눈이 더욱 차가워지면서 놈의 남아 있는 팔도 사정 없이 비틀었다.

빠드득!

"크아아악!"

남자는 팔이 부러지는 것도 모자라 비틀려 박살 나니 그 고통을 견디지 못하고 비명을 질렀다.

하지만 기절하지 못하도록 태영이 교묘히 혈을 짚어둔 탓에 남자로선 그대로 그 상황을 감내할 수밖에 없었다.

팔에 가해지는 고통이 너무나 극악하여 남자의 모든 사고는 그 고통에 집중되었다.

"다시 이야기하지. 마약을 파는 놈들이 누구지?"

"크윽! 블랙놈들입니다! 동래어 있는 조직입니다! 마약을 대량으로 반입하여 팔고 있다는 이야기를 들었습니다!"

남자는 거짓말하면 어떤 일이 생기는지 몸으로 체험을 하고 나서야 순순히 아는 것들을 빠짐없이 말하기 시작했다.

그런 변화에 태영은 고개를 끄덕이며 말을 질문을 이어나 갔다.

"그래, 그렇게 대답하는 거야. 그러면 블랙이라는 조직이 있는 위치는 어디지?"

"근거지는 딱히 없습니다! 다만 블랙에 있는 놈들 중 종팔이라는 놈이 있는 곳은 압니다.”

남자는 태영에게 종팔이라는 놈의 핸드폰 번호와 주거지에 대해 말했다.

태영은 놈이 하는 이야기를 모두 듣고는 이놈들을 어떻게 하는 것이 좋을지를 생각했다.

생각 이상으로 손을 쓴 탓에 놈들을 그냥 풀어주기에는 무리가 따른다는 판단이 가장 먼저 들었다.

태영은 잠시 놈들을 가두어둔 채 좀 더 정보를 얻을 필요도 여기에 더하여 결론을 굳혔다.

그리고 이내 키트를 놔둔 지하로 데려가 놈들을 가두기로 결심했다.

“너는 다리가 멀쩡하니 걸을 수 있을 거야. 무슨 말인지 알지?”

태영의 말에 고개를 끄덕이는 남자였다.

이들에게는 건달이라는 자부심은 어디에 팔아먹었는지 태영의 말에는 말 잘 듣는 강아지처럼 고개를 끄덕이고 있었다.

이후 태영은 놈들을 지하로 데리고 갔고 그 안에 놈들을 가두었다.

물론 먹을 물과 빵은 남겨두었으니 굶어 죽을 염려는 없었다.

부러진 뼈는 태영이 잠시 고정을 해주었기에 고통은 있겠지만 뼈가 어긋나서 병신이 되지는 않았다.

말 그대로 반 기브스를 해주었다는 말이다.

"아이고, 이거 또 출장을 가야 하네. 히미에게 뭐라고 하지?"

태영은 혼자 그렇게 중얼거리며 또다시 부산으로 떠날 준비를 하고 있었다.

행동을 결심한 태영은 이틀 뒤 부산길에 올랐다.

거리가 워낙에 먼 탓에 태영은 오랜만에 자신의 차를 끌고 고속도로를 질주했다.

움직여야 하는 길이 워낙 긴 만큼 이동성이 중요하다는 판단에서였다.

부산에 도착한 태영은 가장 먼저 자갈치파가 있는 곳으로 향했다.

놈들이 감히 일본놈들과 짜고 자신을 감시하고 있었다는 사실이 매우 마음에 들지 않아서였다.

이미 놈들의 아지트가 어디인지도 알고 있었기에 바로 놈들의 아지트로 향했다.

한편, 자갈치파의 아지트는 부산한 모습을 보이고 있었다.

감시하며 매 여섯 시간 단위로 보고하기로 되어 있던 놈들로부터 연락이 끊어진 탓이었다.

상황이 그리되자 썩 심상치 않은 느낌을 받았는지 자갈치파의 보스인 철민의 주도하에 의견을 나누고 있는 상황이었다.

"아직도 연락이 없는 거냐?"

"예, 아무래도 놈에게 당한 것 같습니다."

"일반인에게 건달놈 세 명이 당했다는 것이 말이 되냐?"

"일반인이라고 해도 놈에게 무언가 특별한 것이 있으니 일본놈들이 우리에게 감시를 부탁한 것이 아닐까요? 우리가 모르는 무언가가 있어서 말입니다."

철민의 오른팔이라고 불리는 놈이 말했다.

조직의 넘버투인 녀석은 제법 머리가 돌아가는 편이라 아주 정확한 상황을 짚어낸 것이다.

"흠, 우리가 모르는 것이 있다?"

"네."

"흐음……. 네 말대로라면 녀석들이 겁나서 우리에게 돈을 주고 감시만 하라고 했다는 말이냐?"

"아직 정확한 것은 아니지만 그럴 수도 있다는 이야기입니다, 형님."

"하긴, 제법 착실한 애들이니 연락이 되지 않는다면 충분히 그럴 수 있을 것 같아. 그래, 하기사 당하지 않았으면 벌써 연락이 왔겠지. 그러면… 우리가 해야 하는 일은 무엇이지?"

"아직은 상황을 두고 보시는 것이 좋을 것 같습니다. 일본 놈들에게도 이렇게 위험한 일을 브탁하면서 돈을 그것밖에 주지 않는다고 항의도 하고요."

건달 조직인지 장사꾼들이 모여 있는 것인지 모를 정도로 이놈들을 돈에 민감하게 반응하며 현재 상황을 풀어가려 하고 있었다.

그것은 또 다른 의미로 상당히 머리를 쓸 줄 아는 놈들이라는 것을 의미했다.

수하의 말을 듣고선 철민의 머리가 맹렬히 돌아가기 시작했다.

본디 어떠한 조직이든 그 규모를 키우는 일은 돈이 들게 마련이다.

이는 건달 조직도 마찬가지기어 자금의 확보는 필수라 할 수 있다.

이번 일을 맡게 된 것도 사실 따지면 돈이다.

그렇다 보니 조금이라도 더 돈을 뜯어낼 수 있다면 그것만큼 좋은 게 없다는 철민의 판단이었다.

자갈치파는 그리 큰 조직이 아니기 때문에 조직원도 많지가 않았다.

굳이 따지자면 생긴 지 오래되지 않은 소형 조직.

그런데다가 조직의 보스인 철민은 야망이 상당히 큰 사내였다.

그런 만큼 자신의 조직인 자갈치파를 다른 큰 조직들처럼 키우고 싶었기에 지금 무리하고 있는 편이었다.

이번 야쿠자에게 의뢰를 받은 것 또한 마찬가지의 문제였다.

실제로 지금 사용하는 사무실 또한 야쿠자로부터 선금으로 받은 금액을 통해 확장한 건물이었다.

잘만 처리한다면 야쿠자에게 지원받은 돈을 통해 더욱 사업장을 확장할 수도 있고, 덩치를 키울 수 있는 기틀도 마련할 수 있게 된다.

물론 태영이란 상태를 몰라본 게 가장 큰 실수겠지만 말이다.

이들이 그렇게 맹렬히 머리를 굴리고 있을 무렵, 입구에 있던 두 명의 건달은 난데없는 공격을 받아 초주검이 되고 있는 상황이었다.

퍼퍼퍼퍽!

"으윽!"

"크윽!"

두 명의 건달은 입구를 지키고 있는 죄로 태영에게 사정없이 두들겨 맞고는 그 자리에서 실신해 버렸다.

크게 비명 한 번 질러 보지도 못하고 말이다.

태영은 최대한 소리를 죽이기 위해 순식간에 두 명을 기절시킨 것이다.

안에 있는 놈들이 도망이라도 간다면 곤란하기 때문이었다.

그렇게 입구의 놈들을 제압한 태영은 건물 안으로 들어섰다.

건물로 들어선 태영은 작은 건둘 안에 자신이 들어온 입구를 제외하곤 나가는 곳이 없음을 확인하고 여유로운 표정을 지었다.

자신이 붙잡은 놈들의 말에 따르면 자갈치파의 보스가 머무는 공간은 4층이라고 했다.

아무리 목숨의 위협을 느낀다고 해도, 4층에서 뛰어내릴 리는 없다고 태영은 생각했다.

씨익.

"이제 천천히 올라가 볼까?"

그렇게 태영은 놈들의 두목이 있는 4층으로 올라갔다.

4층에는 조직원들이 묵고 있는 숙소도 있다고 들었고, 이들에게는 아주 든든한 아지트이기도 했다.

조직이라곤 해도, 아직 그 규모가 모두 합쳐봐야 이십 명도 되지 않는 규모에 불과하다.

꿈만 크지, 실질적으로 그만한 여력이 없는 조직이라는 말이었다.

"자갈치라는 조직은 아직 기강도 잡지 못한 조직 같은데?"

태영은 자신이 올라왔는데도 아직 아무도 나오지 않는 것을 보고는 이거는 조직이라기보다 무슨 동네 양아치 집단처럼 보였다.

4층에 사장실이라고 써져 있는 사무실로 가서는 바로 문을 열었다.

꽝!

"누구냐?"

"어떤 놈의 새끼냐?"

안에서는 갑자기 문이 열리며 태영이 들어오자 큰 소리들이 터져 나왔다.

태영은 안에 있는 놈들이 십여 명 정도 되어 입가로 흐뭇한 미소를 지었다.

오늘은 제대로 손맛을 볼 수 있다는 생각이 들어서였다.

태영도 그동안 혼을 내줄 만한 녀석들이 눈에 들어오지 않아 아쉬운 감이 있던 터였다.

그렇다 보니 오랜만에 몸을 풀 수 있단 기분이었다.

흡사 자신의 스승이 젊은 시절 그랬던 것처럼.

“내가 너희가 감시하던 강태영이다. 여기 사장 놈 누구
냐?”

태영의 말에 철민은 눈빛이 빛났다.

놈을 감시하는 것이 오늘 놈을 잡으면 엄청난 돈을 벌 수
있을 것 같은 생각이 들어서였다.

자신이 보낸 수하들을 제압한 뒤 여기까지 온 걸 봐선 보통
내기는 분명 아닐 듯하다.

하지만 지금 이곳에 있는 인원수를 생각했을 때 가능성이
있다고 철민은 판단했다.

“놈을 잡아라.”

철민의 지시에 건달들은 빠르게 입구를 봉쇄하려고 하였
다.

태영은 놈들이 입구을 막는 것은 신경도 쓰지 않았고 오히
려 막으라고 더욱 안으로 들어갔다.

태영의 그런 행동에 놈들은 이겼다는 표정이 그려지고 있
었다.

“흐흐흐, 바보 같은 놈이 스스로 함정에 빠지는구나.”

놈들은 이제 태영이 도망 갈 구멍이 없다고 생각하였는지
천천히 태영의 주변으로 몰리고 있었다.

태영은 놈들이 어떤 생각으로 이러고 있는지 충분히 짐작
이 가능했다.

씨익—

태영의 입가로 묘한 미소가 그려지는 순간,

쐐애애애애액!

가장 가까이 다가온 놈들에게 태영이 쏜살같이 짓쳐 들었다.

그런 태영의 움직임이 너무 빨랐기에 놈들이 잔뜩 당황할 수밖에 없었다.

"어?"

"어?"

놈들이 놀라는 사이 태영의 공격은 그렇게 시작되었다.

퍼퍼퍼퍼퍽!

빠각!

빠드득!

와드득!

"아아악!"

"크악!"

"으악!"

십여 명의 조직원 중 순식간에 절반이 넘는 인원이 뼈가 부러지고 박살 나버렸다.

태영의 실력을 눈으로 보고도 이들은 믿어지지가 않았는지 입이 벌어져 다물어질 줄 몰랐다.

특히 철민의 놀라서 눈이 커졌고 입에 파리가 들어가도 모를 지경이 되어 있었다.

이거는 잘못 건드려도 대단히 잘못 건드렸다는 생각만이 머릿속을 장악하고 있는 철민이었다.

태영은 남아 있는 놈들에게 가차없이 공격을 하였다.

퍼퍼퍼퍼퍽!

태영의 공격은 마치 철몽둥이로 패는 것처럼 묵직하고 골병이 드는 주먹이었기에 맞는 놈들이 견디지 못하고 모두 쓰러져 버렸다.

이제 남은 인원은 철민과 그의 오른팔이라고 불리는 남자만 남았다.

"어이, 나를 감시할 정도면 실력도 제법 있을 거야, 그치?"

태영은 태연하게 철민을 보며 물었다.

철민의 오른팔이라는 놈은 머리가 비상하게 돌아가지만 주먹의 실력은 그리 좋지 않았기에 태영이 보이는 실력이 지금 겁이 나서 바지가 축축이 젖어 들고 있었다.

수하들의 상태를 보니 최소한 병신이었고 잘못하면 평생 장애인으로 살아야 한다는 것을 느낄 수가 있었기 때문이다.

태영은 놈이 바지에 실례하는 것을 보고는 인상을 썼다.

"아니, 무섭다고 바지에 오줌을 싸는 놈이 무슨 배짱으로 건달짓을 하는 거야?"

태영의 그 말 한마디로 놈은 평생 건달짓은 다하게 생겼다.

건달 세계는 다른 것은 몰라도 오줌을 지렸다고 소문이 나면 그는 평생 얼굴을 들고 다닐 수가 없을 게 뻔하다.

처음 뼈가 부러진 다섯 명을 빼고 쓰러진 놈들은 아직 정신이 남아 있었기에 태영이 하는 말을 모두 들을 수가 있었다.

자신들이 부상을 입었지만 그래도 주먹으로 당했기에 문제가 없지만 저렇게 형님이라고 생각했던 놈이 오줌이나 싸고 있으니 자신들이 오히려 더 쪽팔려 죽을 맛이었다.

"에이 씨, 저런 새끼를 형님이라고 불렀다니 정말 쪽팔려 미치겠다."

동생들의 말에 남자는 얼굴을 들 수가 없었다.

철민은 태영이 자신의 오른팔을 완전 병신을 만들어 버리는 바람에 열불이 났다.

"이런 개새끼가 어디서 지랄이야."

철민이 과감하게 공격을 시도하였다.

태영은 그래도 조직의 보스라고 용기를 내서 공격하는 것을 보고는 아주 마음에 들었다.

저런 놈이라야 자신이 이곳에 온 보람이 있기 때문이었다.

놈의 공격을 태영은 간단하게 잡으면서 비틀어 버렸다.

와드득!

"크아악!"

퍼퍼퍼퍼퍼퍽!

"으아악, 아악!"

동현은 공격은 아직 끝이 나지 않았다.

퍼퍼퍼퍼퍽!

"크아악, 으아악!"

철민은 지금 차라리 죽었으면 좋겠다는 생각이 들 정도로 태영의 주먹과 발은 엄청난 고통을 주고 있었다.

태영은 교묘하게 놈이 기절하지 못하도록 조절하며 고통을 주었는데 이는 놈에게 알아볼 것이 있었기 때문이다.

"이제 시작인데 벌써 그렇게 엄살을 부리면 곤란하지."

태영의 그 말에 철민은 절로 눈이 감겨졌다.

세상에 저렇게 지독한 놈은 없을 것이라는 생각이 들어서였다.

태영은 철민을 보다가 갑자기 오줌을 지린 놈을 보았다.

놈은 지금 다리를 벌벌 떨고 있는 것이 어지간히 겁이 많은 놈으로 보였다.

저런 놈이라면 지금 질문을 하면 모든 것을 말해줄 듯 보였다.

"야! 너 이리와라."

"예? 옛!"

후다닥!

놈은 태영이 부르자 발바닥에 불이 나도록 뛰어왔다.

"나를 감시한 이유를 말해봐."

"옛! 저희는 일본의 조직과 협력하기로 하였는데, 일본 조직에서 자금을 주는 조건으로 감시해 주기로 하였습니다."

"그러면 그 조직은 이름이 뭐야?"

"이시와라 조직입니다."

태영은 일본 조직의 이름을 알아내고는 고개를 갸웃거렸다.

자신이 아는 이름이 아니었기 때문이다.

태영의 그런 모습에 남자는 빠르게 눈치를 채고는 입을 열었다.

"이시와라는 일본 무인들이 지원을 해주는 조직입니다. 작은 조직이기는 하지만 그 힘이 거대 조직과도 비슷한 위치를 가지고 있는 조직입니다."

'아하, 그놈들이……'

남자의 설명을 들은 태영은 이제 이해가 갔다.

놈들이 자신을 감시하려는 이유를 말이다.

"자존심도 없냐?"

"……."

"쪽바리들에게 손 벌리고 밑이나 닦아주는 게 부끄럽지도 않냐는 말이다."

“…저도 하지 말자고 했지만 보스가 자금이 어렵다고 하여 어쩔 수 없이 거래한 것입니다.”

남자는 순순히 사실 그대로를 보고했다.

남자는 처음에 일본과는 거래하지 말 것을 권했지만, 철민은 자신의 욕심을 들어 이를 강제로 추진하였다.

그래서 더 확장한 아지트를 구하고, 좀 더 나아질 부푼 꿈도 얻은 것은 사실이었다.

또한 철민의 야망은 무슨 짓을 해서라도 이루고 싶은 거대 조직이 된 자갈치파의 미래였다.

결과적으로는 실패했지만.

어쨌거나 지금 상황에서 가장 답답한 것은 철민이었다.

철민은 비록 양팔이 모두 부러지기는 했지만 동생으로 생각한 놈이 저렇게 겁이 나서 모든 사실을 술술 불 줄은 정말 생각지도 못했다.

자신이 비록 힘이 없고 이렇게 병신이 되었다고는 하지만 그래도 동생들을 믿고 일본놈들과 계약도 하였는데 그런 자신의 마음을 몰라주는 것이 마음이 아팠다.

그러다 문득 주변을 둘러보았을 때 다들 병신이 되어 쓰러진 동생들이 눈에 들어오는 철민이었다.

그 모습을 보고 있노라니 한편으로는 자신이 진심으로 동생들을 생각하고 있었는가라는 생각도 들었고, 이내 자신도 마음속으로는 개인의 욕심이 가득 차 있었다는 것을 알 수가 있었다.

'그래, 나는 여태 혼자만 잘되자고 한 것이었네. 나는 동생이라고 생각하고 같이 잘 먹고 잘살려고 하였는데 그것도 결국은 나의 욕심을 채우기 위한 방법에 불과한 짓이었네. 나는 결국 나만의 욕심을 위해 동생들을 희생시키려고 한 건 아닌가.'

철민은 이렇게 병신이 되고 나니 그동안 자신이 얼마나 욕심을 부렸는지를 느끼게 되었고 모두 부질없는 짓이라는 것을 깨닫게 되었다.

철민의 눈빛이 갑자기 변하는 것을 태영은 알 수가 있었다.

'얼레? 저놈이 지금 무슨 기연을 만났나? 갑자기 저렇게 변하는 거지?

태영은 놈의 변화를 아주 세심히 보게 되었다.

아마도 자기가 생각하는 놈이 배신하였다고 생각을 하였는지, 아니면 다른 생각이 들어 그런 것인지는 모르지만 놈이 변한 것은 확실했다.

눈 안에 아까와는 다르게 욕심이 사라졌기 때문이다.

태영은 처음의 계획에서 조금 조정을 해야겠다는 생각이 들었다.

처음에는 놈들을 그냥 박살을 내고 두 번 다시는 이런 짓을 하지 못하게 만들려고 하였는데 지금은 철민의 변화를 보자 마음이 달라졌다.

"저놈이 보스지? 이름이 뭐냐?"

"예, 이름이 최철민이라고 합니다."

"너는 이름이 뭐냐?"

"저, 저는 황태수라고 합니다."

남자의 이름은 참 멋진 이름을 가지고 있는데 하는 짓은 완전히 겁 많은 놈이었다.

그래도 제법 머리는 굴러가는 것 같아 보였다.

"어이, 최철민. 움직일 수 있으니 이리와라."

태영의 말에 철민은 공허함이 가득한 눈빛을 하며 힘들게 일어서서 태영에게 다가왔다.

철민의 눈 속에는 지금 아무런 욕심도 없었고 그저 아직 채우지 못한 공허함만이 자리를 차지하고 있었다.

태영은 그런 철민을 보며 한마디를 해주었다.

"아까완 달리 눈빛이 달라졌군."

"……."

철민은 태영의 말에 아무런 대꾸도 하지 않은 채 묵묵히 바라보았다.

철민이 히죽 웃으며 말을 이었다.

"너에게도 기회를 주려고 하는데 들어볼 생각이 있나?"

태영의 말에 철민은 그저 고개만 끄덕이고 있었다.

그런 철민의 모습은 태영이 보기에 욕심을 버린 수준을 넘어 의욕마저 모조리 잃어버린 듯했다.

'이대론 좀… 안 되겠군.'

몸이 망가지고 마음을 잃는다면 개선할 여지가 없어지게 마련.

그래서 우선은 놈의 몸을 먼저 치료하고 나서 이야기를 시작하는 것으로 방향을 잡았다.

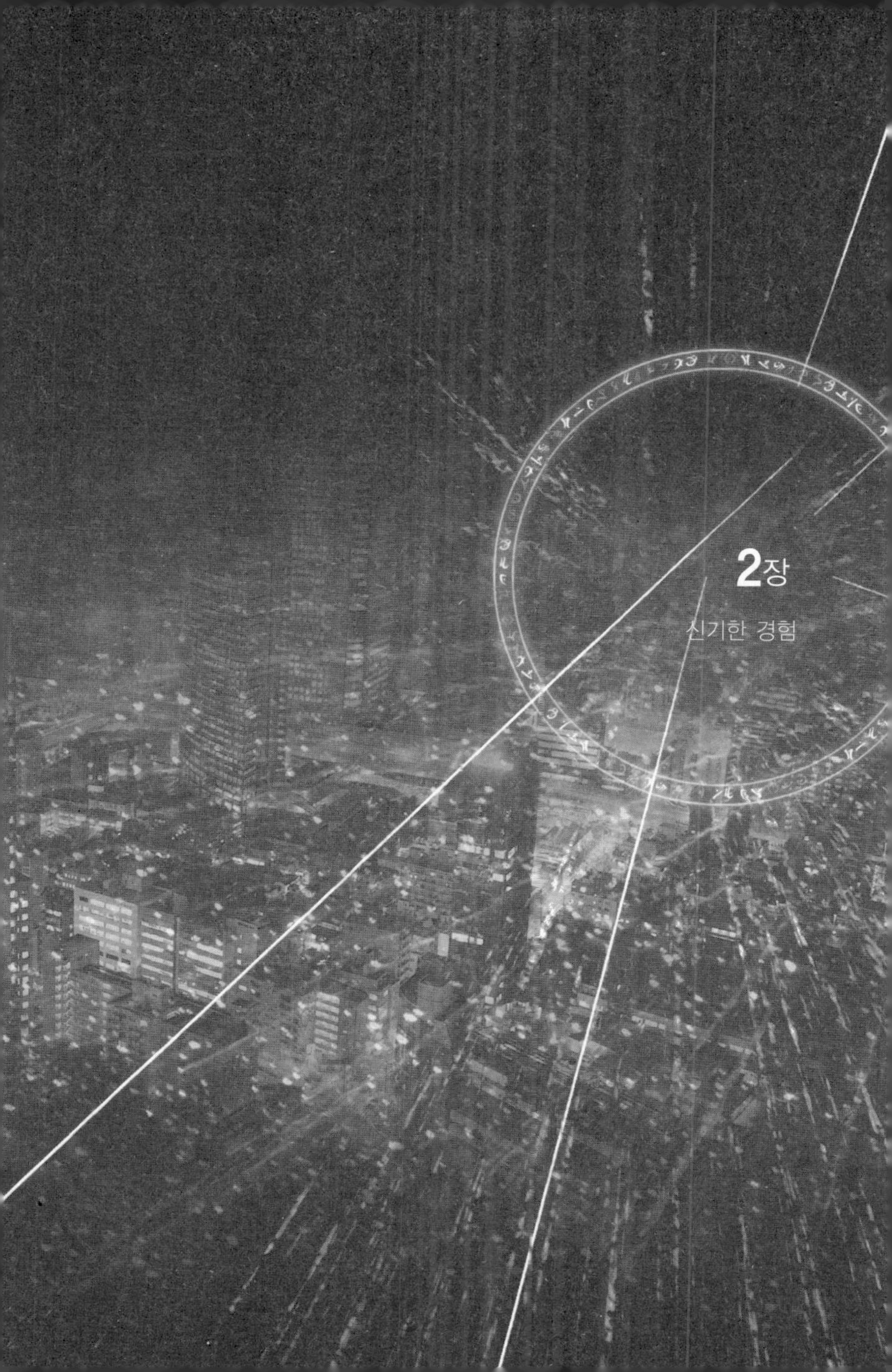
2장
신기한 경험

까
불
지
마
!

결심을 굳힌 태영은 쓰러져 있는 철민의 팔을 잡았다.

흠칫!

철민은 자신이 당했던 여파로 인하여 저도 모르게 몸을 움츠렸지만, 이내 포기하고 곧 태영에게 자신의 몸을 맡긴 채 담담한 눈빛을 했다.

그런 철민의 행동이 태영이 보기에는 아주 마음에 들게 하였고 말이다.

태영은 철민의 팔을 잡고 내기를 이용하여 치료를 시작했다.

태영의 내기는 그가 그랬던 것처럼 치유의 기운을 담고 있다.

그렇다 보니 철민의 치료를 위하여 기운을 운용하였을 때 철민에게 벌어진 일은 일반인이 보면 깜짝 놀랄 그런 상황이었다.

팔을 바르게 맞추어 둔 채 내기를 주입하자 부러졌던 팔이 서서히 붙어가기 시작하고, 고통스럽던 것도 사라져 간 것이다.

이를 가장 직접적으로 경험하고 있는 철민으로선 그야말로 경악하지 않을 수 없는 상황이었다.

'어떻게 부러진 팔을 이렇게 금방 치료를 할 수가 있는 거지?'

철민은 지금 신을 만난 듯한 기분이었다.

자신을 치료하는 태영의 모습, 앞서 보여주었던 흉신악살보다 더 무서운 심판자의 모습, 그 하나하나가 기적처럼 보이는 순간이기도 했다.

잠시 복잡한 기분에 사로잡혔다가도 이내 감격에 빠질 수밖에 없는 철민이었다.

한편 태영도 이렇게 남을 본격적으로 치유하는 것은 처음이다 보니 놀라기는 마찬가지였다.

고통이 줄어드는 정도겠거니 했지만, 온전하게 팔이 나아가는 것을 본 탓이었다.

'어? 이거 뼈가 서서히 붙네? 일반인이라 내기에 보이는 반응이 이렇게 좋은 건가? 아니면 내기 자체가 그러한 것인가. 음… 재밌군.'

태영은 내기로 사람을 치료한 기억이 없었기에 가지는 생각이었지만 태영의 내기는 다른 이와는 다르게 본질이 달라서였다.

한참을 치료하자 철민의 팔은 온전히 다 나았다.

다 나은 정도에서 끝나는 정도가 아니라 부상을 입기 전보다 훨씬 강하고 단단한 근육이 자리를 잡았다.

이는 과거 태영을 치료했던 그 힘에 기인한 내기가 낳은 현상이었다.

철민은 그런 태영의 신기한 힘을 경험하고는 그대로 무릎을 꿇었다.

"하늘 같은 분을 몰라 뵙고 실수하였으니 그 벌을 받겠습니다."

철민은 태영이 인간으로 느껴지지가 않아 하는 행동이었다.

이는 철민의 옆에 있던 태수도 마찬가지의 표정을 지었다.

'헉! 어떻게 부러진 팔을 저렇게 금방 치료할 수가 있는 거지? 저 사람은 도대체 못하는 게 뭐야?'

태수는 태영의 하는 행동을 보고는 정말 신기하고 대단해 보였다.

팔을 치료한 태영은 철민을 보며 천천히 말을 했다.

"내가 여기 부산에 올 때는 말이야. 자갈치파를 아주 박살을 낼 생각으로 왔는데 막상 와서 보니 너희가 실력도 없이 놈들에게 이용만 당하고 있는 것 같아 기회를 줄까 한다. 우선은 네놈의 반성하는 모습이 마음에 들어서 말이야."

태영의 말에 철민은 자신이 후회하는 것을 태영이 알고서 저런 말을 한다고 생각이 들었다.

사람의 마음속을 들여다보고 있으니 철민은 진심으로 태영이 엄청난 사람이라는 생각을 하게 되었다.

"기회만 주신다면 충심으로 따르겠습니다."

철민은 진심으로 태영을 따르고자 하였다.

태영도 그런 철민의 마음을 느꼈고 말이다.

태영은 철민의 말을 듣다가 문득 이들이 사라져도 이와 같은 조직은 계속해서 생길 것이라는 판단이 들었다.

"정말 나를 따를 생각이 있냐? 나를 따르면 욕심을 부리면 안 되는데 말이야."

철민은 태영의 대답에 고개를 번쩍 들고는 힘차게 대답을 하였다.

"절대 욕심을 부리지 않겠습니다. 따르게만 해주십시오.

목숨을 걸고 따르겠습니다.”

철민의 눈빛은 진심이었고 진짜로 죽을 각오하고 있다는 것을 태영도 느낄 수가 있었다.

이런 놈이 양아치짓을 하고 있었다는 것이 태영이 보기에는 참 신기했다.

사람은 무언가 계기가 있으면 변한다는 이야기를 듣기는 했지만 자신이 직접 눈으로 확인하기는 태영으로서도 이번이 처음이었다.

“여기 부산에도 지저분한 조직이 있다고 들었는데 너희가 나와 함께 그놈들을 정리를 좀 해야겠다. 특히 마약을 취급하는 놈들은 반드시 제거하려 한다. 그래도 따르겠냐?”

이번 기회에 잘되었다 여긴 태영은 정 과장이 부탁했던 일을 떠올리며 이렇게 말했다.

사실 부산에 온 또 하나의 이유가 바로 마약을 파는 이들을 정리하는 것이었다.

물론 아직은 이들의 세력이 약하기 때문에 당장은 써먹을 수 없지만 약간의 시간을 주어 이들의 힘이 강하게 해주어서 부산의 조직들을 관리하게 하려고 하였다.

어차피 조직을 무너뜨려도 시간이 지나면 다른 조직이 생기게 마련이다.

그럴 바에야 차라리 사진이 통제하는 강한 조직을 만들어

이들을 관리하는 편이 차라리 훨씬 낫지 않을까 하는 게 태영
의 생각이다.

이번 마약 조직을 정리하는 것은 이들 조직의 이름을 알리
기 위해 함께하자고 한 것이고 그 이름에 어울리는 힘을 주려
고 하였다.

이는 철민의 눈빛이 마음에 들어 주는 태영의 선물이었다.

태영도 어려운 시절을 경험해 보았기 때문에 무시를 당하
는 것이 얼마나 사람을 비참하게 만드는지 잘 알고 있었다.

그런 점에서 동질감을 느끼는 태영이었기에 이들에게 기
회를 제공하고 있었다.

"어떤 일이라도 상관이 없습니다. 같이 가겠습니다."

철민은 두려운 얼굴이 하나도 없이 오로지 태영이 가자고
하면 가겠다고 하고 있었다.

그런 철민의 대답이 아주 마음에 드는 태영이었다.

"그러면 조직을 형성하는데 가장 믿음이 가는 사람들을 섭
외해라. 배신할 인간은 처음부터 뽑지 말고 무슨 뜻인지 알겠
지?"

철민은 태영이 새롭게 조직을 만들려고 한다는 것을 알고
는 눈빛이 달라지고 있었다.

이번에는 야망이 아니라 무언가 자신이 할 일이 생겼다는
그런 눈빛이었다.

“걱정하지 마십시오. 믿음을 줄 수 있는 놈들로 준비를 하겠습니다.”

“그래, 나와 함께 부산을 장악해 보자. 다시는 무시를 당하는 일이 없는 그런 조직을 너에게 선물하마.”

태영의 말에 철민은 눈물을 흘리고 말았다.

자신이 야망을 가지고 조직을 키으려고 한 계기가 바로 무시를 당하고 싶지 않아서였다.

태영이 그런 자신의 내면을 모두 알고라도 있는 것처럼 저런 기회를 주고 있다는 사실이 감사할 따름이었다.

“가, 감사합니다.”

“앞으로는 나를 보스라고 불러라. 너도 조직의 보스로 불리겠지만 나는 너와 같은 이들의 보스라 불리게 될 것이다.”

태영은 단순하게 철민의 회개하는 모습을 보고 즉흥적으로 꾸민 계획이었다.

하지만 이것이 어떤 결과를 낳을지는 태영은 전혀 알지 못했다.

부산 전체를 아우르는 거대 조직이 만들어지고, 전과는 판이하게 다른, 위력을 가진 조직으로 떠오를 것을.

시민을 위하는, 마치 활빈당과 같은 무력 조직으로 태어나게 될 것을 말이다.

태영이 강하기는 하지만 아직은 많은 경험이 없었기에 어쩔 수 없는 일이었다.

하지만 이로 인해 부산은 조직들 때문에 시민들이 힘들지 않게 살 수가 있게 되었으니 나쁘지 않은 일.

물론 추후에 시간이 지나면서 생긴 일이지만 말이다.

태영은 철민에게 내일까지 사람을 모아 연락하라며 전화번호를 주고는 사라졌다.

이후 철민은 태영이 모습을 감춘 이후 부상을 입은 동생들을 보았다.

전에는 이들에 대해 모르는 것이 있었지만, 새로운 눈으로 보니 이들도 자신과 마찬가지의 인생을 살고 있었다는 것을 알게 되었다.

철민은 이제 이들과는 더 이상 같이 생활하기가 어렵다는 것을 느꼈고 이들을 보내기로 결정을 내렸다.

"…태수야, 부상을 입은 애들은 모두 병원에 입원을 시키고 돌봐줘라. 이제 우리 자갈치파는 더 이상 존재하지 않는다. 남은 자금 중 일부는 애들하고 나누어서 가지도록 해라."

"형님, 저도 함께하게 해주세요."

태수는 태영이 하는 이야기를 들었기에 이번이 평생에 다시 없을 기회라고 생각이 들었다.

이런 기회는 다시 오지 않을 대박이라는 것을 본능적으로 느끼고 있기에 무조건 함께하려고 하였다.

하지만 이미 철민은 태수와는 마음을 온전하게 굳힌 상태였기에 태수를 거절했다.

"이제 너와는 더 이상 같이 갈 수가 없으니 너도 그만 포기해라. 너도 새롭게 너의 인생을 살도록 해라."

철민은 그렇게 말을 하고는 사무실을 빠져나갔다.

이후 태수는 자신이 오줌을 지린 사실이 생각이 나서 더 이상 말을 하지 못하였지만, 마음속으로는 철민이 자신을 인정하지 않는 것에 불만이 가득했다.

'개새끼, 지가 언제부터 저렇게 잘났다그 나를 버리는 거야. 두고 봐. 내가 이대로 가만히 있지는 않을 거라고.'

태수의 눈빛이 살모사의 눈빛처럼 사악하게 빛이 났다.

하지만 태수는 아직 생각지 못한 그늘이 자신을 기다리고 있다는 사실을 모르고 있었다.

사무실의 앞에 남아 있던 동생들과 쓰러져 있던 놈들 중 아직 몸을 움직일 수 있는 놈들이 있었다.

"저 새끼가 아까 오줌을 싸는 바람에 우리 자갈치파가 이렇게 사라지게 되었으니 놈을 그냥 두지 마라."

한 놈이 그렇게 소리를 치니 다른 놈들도 동조하여 태수를 패기 시작했다.

태수는 주먹이 약하기 때문에 그동안 조직의 머리 역할을 주로 해왔던 사내다.

그렇다 보니 덩치가 있는 놈들의 주먹을 견디지 못하고 두들겨 맞을 수밖에 없었다.

이후 황태수는 동생들에게 그렇게 두들겨 맞으면서 자신의 몫은 하나도 챙기지 못하고 모든 자금을 줄 수밖에 없었다.

그리고 다시는 건달짓을 하지 못하도록 놈들은 태수의 인대를 잘라 버렸다.

철민에게 악감정을 가지고 있던 태수는 뜻하지 않은 이들에게 당해서 더 이상은 조직사회에 나서지 못하는 신세가 되고 말았다.

한편 태영은 블랙파의 종팔이라는 놈이 거주하는 곳으로 가고 있었다.

"놈이 오늘은 집에 있어야 하는데 말이야."

태영이 놈들을 잡기 위해서는 종팔이라는 놈이 반드시 필요했다.

그래야 놈들이 어디에 있는지 찾을 수 있기 때문이다.

그리고 내일 철민이 믿을 수 있는 놈들과 함께 오면 그들을 데리고 블랙파를 정리하고, 철민과 동생들을 수련시킬 생각을 하였다.

일 년 정도만 수련하면 아마 다른 주먹들에게 지지 않을 정도는 만들 수 있을 거라는 게 태영의 생각이었다.

　몸이 이미 주먹으로 숙련이 되어 있는 놈들이기 때문에 자잘한 것은 필요가 없이 바로 수련을 시킬 수 있을 것이다.

　그렇기에 그 시간을 일 년으로 잡은 것이고 말이다.

　아마도 그 일 년이라는 시간 동안 이들은 죽었다고 생각해야겠지만 말이다.

　얼마 지나지 않아 태영은 종팔이 사는 곳에 도착할 수 있었다.

　집 앞에 도착한 태영은 안에 누가 있는지 확인하기 위해 기감을 퍼뜨렸다.

　그리고 얼마 안 있어 태영은 자신의 기감 안에서 꽤나 뜨거운 열기가 감지되었다.

　"다행이네. 시간이 절약이 되어서 말이야."

　태영은 입가에 차가운 미소를 지으며 안에 종팔이 있는 것을 확인하였다.

　놈은 지금 안에서 혼자 있는 것이 아니라 여자와 같이 있었다.

　그것도 아주 뜨거운 일로.

　태영은 놈이 안에서 하는 짓을 느끼곤 바로 들어가기가 곤란해하며 우선은 기다려 주기로 했다.

　"그래, 아마도 이번에 마지막일지도 모르는데 기다려 줘야지.”

태영은 놈에게 시간을 주기로 결정하고는 조용히 기다렸다.

얼마나 지났을까.

어느 정도의 시간이 지나자 태영이 슬슬 움직이려고 차 문을 열고 밖으로 나섰다.

그리고 집 앞으로 걸어가며 주머니에 손을 넣었다가 뭔가를 꺼내 들었다.

두 개의 구슬이었다.

태영은 여자에게 자신의 모습을 보여줄 수 없어 기절시킬 생각인 것이다.

태영은 잠시 후 내기를 운용하여 집 문을 열고, 그 안으로 들어갔다.

그리고 이내 침대에 기대어 앉아 있는 두 남녀를 발견하곤 빠르게 손을 놀렸다.

쉬이익! 픽!

스르륵! 털썩!

여자는 앉아 있는 상태에서 그대로 쓰러졌고, 종팔은 갑자기 여자가 쓰러지자 빠르게 몸을 일으키려고 했다.

그러나 그보다 더 빠른 것은 태영이었다.

태영의 몸이 먼저 그런 종팔의 어깨를 때려 낸 것이다.

픽!

빠각!

"크윽!"

종팔은 갑작스러운 공격이 어깨뼈가 빠졌고 덕분에 일어
서려는 몸이 그래도 다시 주저앉고 말았다.

"종팔이 본인이 맞지?"

"크흑, 그렇다. 너는 누구냐?"

"질문은 내가 하는 거고, 너는 대답만 한다. 알겠지?"

태영의 물음에 종팔은 자신이 상대할 사람이 아니라는 것
을 느꼈는지 고개를 끄덕였다.

하지만 쉴 새 없이 놈이 눈알을 움직여 주변을 둘러보고 있
는 것을 태영은 간단히 포착했다.

'생각 이상으로 교활한 녀석일 거 같은데. 상황을 노리고
있어.'

이렇게 판단한 태영이 입을 열어 재차 경고했다.

"눈알 굴러가는 소리가 여기에서도 들리니 그만 굴려라.
너를 구해줄 사람은 아무도 없으니 말이다."

태영의 말에 종팔은 속으로 놀랐지만 그래도 건달짓을 한
경험이 있어서 겉으로는 그런 내색하지 않았다.

건달의 싸움은 기세의 싸움이나 다름없는 면이 있다.

한번 상대에게 기세에서 밀리면 그대로 끝장나는 경우도

존재하기 때문에 이를 이겨내려 노력하는 게 싸움의 기술 중 하나였다.

안 되면 깡으로, 배짱으로라는 말도 되지 않은 타이틀을 가지고 생활을 하는 놈들 또한 그들이다.

이를 태영이 모를 리 없고, 그런 습성을 알기에 재차 경고를 보낸 것이다.

'개새끼, 눈치는 엄청 빠르구만, 그렇다고 내가 그냥 당할지 아냐.'

종팔은 무언가 생각이 있는지 모르지만 태영의 눈에는 놈이 다른 생각을 하고 있는 것이 다 보였다.

"마약을 열심히 판다고 들었다. 너를 빼고 나머지 놈들은 어디에 있지?"

"무슨 개소리야? 마약을 내가 왜 팔어?!"

종팔은 마약이라는 소리에 펄떡 뛰며 아니라고 했다.

하지만 이미 이들에 대한 정보를 가지고 있는 태영이었기에 놈의 반응에 가차없는 응징을 가했다.

태영의 손가락이 내기를 담고 움직이기 시작했다.

툭툭툭.

종팔은 갑자기 손가락으로 자신의 몸을 찌르니 속으로 뭐 하는 짓인가 하는 생각이 들었다.

하지만 그리 시간이 걸리지 않아 바로 체감할 수 있었다.

혈도를 잘못 짚이면 얼마나 괴로운 시간이 이어지는지를 말이다.

종팔은 갑자기 온몸에 생각지도 못하게 고통이 밀려오는 바람에 정신이 없었다.

"크윽! 내 몸에 무슨 짓을 한 거냐?!"

"다른 놈들이 있는 곳은 어디냐?"

"내가 그걸 말할 것 같아?! 차라리 나를 죽여!"

종팔은 제법 기개있게 행동했지만 그것도 사람을 봐가면서 해야 효과가 있는 법.

태영과 같은 사람에게는 그렇게 말을 해서는 절대 효과가 없다는 것을 모르고 한 말이었다.

"그래? 소원이라면."

태영은 죽여 달라는 소리에 바로 조금 전과 같이 손가락에 내기를 담아 놈의 몸을 찔렀다.

그러자 조금 전과는 비교도 되지 않는 고통이 온몸을 장악하기 시작하였다.

"크아악!"

종팔은 생각과는 다르게 엄청난 고통을 느끼게 되자 머릿속으로 아무 생각이 나지 않았다.

밖에서 누군가가 찾아오기를 바라는 마음에 종팔은 그 어느 때보다 더욱 크게 비명을 질러댔다.

참을 수 없는 고통인 것도 한몫했다.

그러나 그런 종팔의 바람은 바람일 뿐, 그 어떤 구함도 찾아오지 않았다.

이는 태영이 내기를 이용하여 막을 치고 있어서였다.

소음이 나가지 않게 태영은 주변에 기막을 쳤기에 아무리 고함을 질러도 아무도 듣지 못하게 하였다.

태영은 너무 오랜 시간을 이렇게 고통을 받으면 놈이 죽을 수도 있기에 적당한 시간이 되자 다시 놈의 혈을 건드려 고통을 풀어주었다.

"으으으, 도대체 누군데 나를 괴롭히는 거냐?"

"아직 정신이 덜 들었나봐. 조금 더 할까?"

태영의 차가운 목소리에 종팔은 몸을 부르르 떨었다.

방금 전의 고통은 정말 죽어도 다시 당하고 싶지 않은 고통이었기 때문이다.

"무엇이 알고 싶은 거냐?"

"아까 물었지, 마약을 파는 놈들이 어디에 있어?"

결국 자신을 뺀 다른 사람들의 위치를 찾고 있다는 이야기였고, 자신은 지금 그들의 위치를 불지 않으면 이 고통에서 벗어나지 못하게 된다는 사실을 느끼게 되었다.

종팔은 머릿속이 복잡하게 굴러가고 있었다.

하지만 그런 종팔의 잔머리가 굴러가기도 전에 태영의 손가락이 움직였다.

이는 태영이 종팔이 이미 잔머리를 굴리려고 하는 것을 알았기 때문이다.

사람의 눈은 거짓을 말하지 않았고, 종팔이 잔머리를 굴리려고 하니 눈동자가 움직였던 것.

이는 태영의 마음을 불편하게 만들었기에 결국 종팔은 또다시 고통의 시간으로 밀려갔다.

툭툭툭.

"아아악!"

아까와는 비교가 되지 않을 정도로 강하게 고통이 종팔에게 밀려들었다.

그러자 이제는 더 이상 참을 수가 없었는지 이내 입을 열어 모든 것을 실토하려 했다.

"아악! 말하겠다. 말할 테니 제… 발 살려줘……!"

태영은 놈이 이제야 실토할 준비가 되었다는 사실에 천천히 고통을 줄여주었다.

"마지막으로 주는 기회야. 생각을 잘해. 이대로 두면 너는 몸이 뒤틀려 죽을 거야. 물론 현대의학으로는… 그 이유를 알기 힘들 테고."

태영의 그 말은 종팔을 더욱 무섭게 만들었고, 종팔은 자신이 알고 있는 모든 사실을 술술 불기 시작했다.

“모두… 모두 말하겠다! 내가 아는 것은 조직에서 마약을 팔고 있다는 것이고, 그들의 연락처는 핸드폰에 나와 있으니 핸드폰을 보면 알 수 있다! 그러니 이제 제발…….”

눈물과 콧물로 범벅이 되기 시작한 종팔이 서둘러 말했고, 종팔의 이야기는 태영이 만족할 만한 정보를 추가로 내놓았다.

“삼 일 뒤, 삼 일 뒤 마약 거래가 있다고 들었다! 그러니, 내가 알고 있는 건 진짜 다… 다 말했으니까 제발 살려줘!”

씨익.

“확실해?”

끄덕끄덕끄덕끄덕끄덕.

태영은 놈의 진술을 모두 확보한 뒤 놈의 거세게 흔드는 고개를 보며 만족을 했다.

‘모든 정보를 다 털어놓은 게 확실해 보이는군.’

그제야 태영은 곧 종팔을 후려쳐 그대로 기절시켰다.

퍽!

“크윽!”

이후 태영은 놈을 둘러메고는 조용히 빠져나왔고 여자는 그대로 두었다.

여자가 무슨 죄가 있겠는가.

태영이 놈을 데리고 밖으로 나와 차 안에 놈을 둔 채 철민과 만나기로 한 곳으로 향했다.

그렇게 오랜 시간이 지난 것은 아니지만 그곳에는 철민이 여러 명의 장정을 데리고 나온 상태였다.

"어서 오십시오."

철민이 정중하게 인사하자 철민과 함께 있던 남자들도 인사를 하였다.

"안녕하십니까. 태종이라고 합니다."

"안녕하십니까. 민재라고 합니다."

철민의 동생들이라고 하는 남자들이 차례로 인사를 시작하였다.

태영은 남자들의 인사를 간단하게 고개를 끄덕이며 받아주었고 철민을 보며 물었다.

"가까운 곳에 물건을 저장하고 사람을 가두어 둘 만한 장소가 있나?"

"있기는 합니다. 그런데 아직 제가 얻은 장소가 아니라……."

태영은 철민이 아직 계약하지 않다고 하는 말을 금방 알아들었다.

"아, 그 정도는 내가 준비하면 되니 바로 얻을 수 있어야 한다."

"그 정도라면 바로 얻을 수 있습니다. 잠시만요."

철민은 그렇게 말을 하고는 바로 전화를 들고 어디론가 걸기 시작했다.

철민이 전화를 하는 것을 듣고만 있던 태영은 통화하는 상대가 누구인지는 모르지만 이야기가 잘 진행이 되고 있어서 편하게 듣고만 있었다.

철민은 확실하게 정리를 하고는 보고를 하였다.

"얻었습니다. 한 달에 50만 원만 주면 된다고 하고 지금부터 바로 사용할 수 있다고 합니다."

"수고했어. 지금 바로 거기로 가지. 돈은 가면서 계좌이체를 하기로 하고 말이야."

"예, 알겠습니다. 보스."

철민은 바로 대답하고는 준비한 차량에 남자들을 태우고 이동을 시작했다.

그렇게 철민과 도착한 곳은 사람들이 그리 다니지 않은 장소라 태영의 태영이 보기에는 아주 좋은 곳이었다.

주변을 살펴본 태영은 마음에 드는지 고개를 끄덕였다.

"안에는 볼 수 없는 건가?"

"아닙니다. 여기는 번호키로 되어 있어 지금이라도 바로 구경할 수가 있습니다. 보스."

"그러면 문을 열어봐."

태영의 지시에 철민은 빠르게 창고의 문을 열었다.

철민이 문을 연 창고는 안에 작은 사무실이 있는 대략 한 40평 정도의 조립식 건물이었는데 태영이 보기에는 아주 깨끗한 게 마음에 들었다.

"여기가 마음에 드니 앞으로 여기를 사용하기로 하자."

"알겠습니다. 보스."

철민은 창고를 어떤 용도로 사용하게 될지는 모르지만 태영이 마음에 들어 하니 기분이 좋았다.

태영은 차에 있는 놈이 생각이 났다.

"내 차에 가면 뒤에 있는 놈이 있을 거야. 그놈을 데리고 와라."

"예, 보스."

남자들은 태영의 지시에 빠르게 태영의 차로 이동하여 종팔을 데리고 왔다.

두 놈이 기절해 있는 놈을 데리고 오는 것이라 조금 숨이 거칠어지기는 했지만 그래도 제법 몸을 단련하였는지 어느 정도는 힘을 쓰고 있었다.

종팔이 도착하자 태영은 바로 지시를 내렸다.

"저기 사무실에 놈을 두면 된다. 앞으로 놈은 한동안 움직이지 못하게 되니 걱정은 하지 않아도 된다."

태영은 놈의 혈을 짚어 말과 움직이지 못하게 하였기 때문에 하는 소리였다.

아마도 이들은 그런 사실을 모르고 있지만 말이다.

"예, 보스."

태영의 지시로 인해 종팔은 작은 사무실에 갇히는 신세가 되었다.

아마도 종팔이 정신을 차려도 여기서 나가는 일은 없겠지만 말이다.

태영은 철민과 남자들이 모두 모이자 그들을 보며 조용하고 차분한 목소리로 이야기를 했다.

"나는 부산에 새로운 조직을 만들려고 한다."

태영의 말에 철민이 눈을 빛내며 태영을 바라보았다.

"하지만 우리가 만드는 조직은 절대적으로 지켜야 하는 규칙이 있다."

"규칙이라 하심은……?"

"바로 마약과 인신매매는 하지 않는다. 어차피 어둠의 주먹들이 사라진다고는 생각지 않지만, 그래도 남자가 하지 않아야 하는 일은 있다고 생각한다. 나는 너희가 비록 어둠의 길을 걷는다 해도 이왕이면 좀 멋진 주먹이 되었으면 한다. 지금 이 자리에서 내가 하는 말이 마음에 들지 않으면 바로 돌아가도 좋다. 하지만 기회는 지금뿐이라는 것을 명심하고 잘 생각해서 결정하기 바란다. 다시 말하지만 결정을 내리고 나서는 배신은 죽음이라는 것만 알도록."

태영은 그렇게 말을 하고는 창고를 나가고 있었다.

이는 이들에게 시간을 주기 위해서였다.

자신이 있으면 서로간의 의견을 나눌 수가 없다고 판단이 들어서였다.

태영이 나가자 철민이 남자들을 보며 천천히 입을 열었다.

"어제 내가 이야기한 분이다. 거의 신과 같은 능력을 가지고 계신 분이니 의심하지 마라. 그리고 나는 저분이 원하는 일을 하고 싶다. 결정은 너희가 알아서 해라. 어둠의 길을 걷고 싶지 않은 놈은 그만 돌아가면 된다."

철민이 그렇게 이야기하자 남자들은 조금 동요를 시작했다.

사실 이들도 조직이 얼마나 힘든지는 알고 있었다.

나름 주적의 세계를 조금은 경험하였기 때문이기도 했다.

"형님, 그런데 과연 우리만으로 부산을 장악할 수가 있는 겁니까?"

"우리만 있는 것은 아닐 것이다. 부산이 그렇게 작은 곳은 아니니 말이다. 나는 무언가 다른 계획이 있다고 본다. 보스는 생각이 없이 이런 이야기하실 분이 아니기 때문이다."

철민은 태영의 말이라면 이제는 무조건 믿고 있었다.

철민의 이런 반응은 남자들에게도 신선한 느낌을 주고 있었다.

주먹의 세계에서 가장 중시하는 것이 의리라고는 하지만 솔직히 지금은 말로만 의리이지, 실질적으로 그런 의리를 생각하는 건달은 거의 없는 게 작금의 현실이다.

그런 현실에 철민은 절대적인 믿음을 보여주고 있었다.

그런 철민의 모습이 이 자리에 모여 있는 남자들의 가슴에 불을 지르고 있었다.

이들도 의리 하나는 목숨처럼 생각하고 놈들이었기 때문이다.

그리고 이 남자들은 철민이 사채업을 시작했을 때 떠났던 이들이기도 했다.

철민이 이들을 정식 동색으로 데려오지 않았던 이유도 여기에 있다.

의리와 순수한 주먹을 믿는 이 사내들은 사채나 하면서 살아가고 싶지 않다며 철민을 떠났던 이들이고, 사채를 그만두었다는 철민의 말에 다시 철민을 따른, 그런 가슴을 지닌 사내들이었다.

그런 사내들 중 하나가 입을 열어 물었다.

"그러면 형님은 저분을 믿으시는 겁니까?"

"그래, 나는 목숨으로 보스를 모시고 있다."

"진심이십니까? 그리고 그만한 실력이 있기는 합니까?"

남자들은 솔직히 건달이라면 실력이 우선이어야 한다는 생각을 가지고 있는 놈들이었기에 하는 말이었다.

철민은 그런 동생들을 보고는 입가에 웃음이 나오고 말았다.

"너희는 전부 덤벼도 상대할 수 없는 분이시다. 이는 내가 보증하마."

철민의 말에 남자들은 조금 기분이 상한 얼굴을 하였다.

"형님의 말씀이 사실이라면 저희가 직접 상대를 해보고 싶습니다. 그리고 만약에 형님의 말씀이 사실이라면 저희도 따르겠습니다. 솔직히 죄송하지만 눈으로 확인하지 않으면 믿을 수 없습니다. 주먹으로 이 나라의 주먹계를 통일하는 일입니다. 단순하지 않잖습니까, 형님."

남자들이 생각하기로는 그런 실력이라면 이는 전국 통일도 할 수 있을 것이라는 생각이 들어서 하는 말이었다.

아마도 철민이 한 이야기의 절반만 되어도 전국은 벌써 한 조직으로 통일이 되어 있을 것이라는 생각이 들었다.

현대에는 개인의 실력이 아무리 좋아도 단체를 이길 수가 없었고, 그 조직의 인맥이 정치권을 움직일 정도라면 이는 무조건 승산이 없다고 보는 게 옳다.

이 논리는 그 어떤 조직이 되든 적용되는 게 대한민국의 현실이며, 조폭 또한 마찬가지다.

그래서 조폭 사이에 정치 깡패라는 말이 나돌고 있는 것이
니 말이다.

철민은 동생들이 지금 조금 무뢰한 행동을 하고 있다고 생
각이 들었지만, 그렇게 틀린 말을 하는 것도 아니기에 결국
고개를 끄덕이며 말했다.

“그 문제는 내가 가서 한 번 물어보고 이야기해 주도록 하
마.”

철민은 그렇게 말하고는 태영이 나가 있는 문을 열고 나가
게 되었다.

철민이 나가자 동생들은 약간 불쾌한 인상을 쓰며 서로간
의 말을 오고 갔다.

“우리 오늘 당하고 있는 거 아냐?”

“철민 형님이 사채를 그만두고 조금 맛이 갔는지 모르지
만, 만약에 그 말이 사실이라면 이는 우리에게 기회이기도 하
지 않을까?”

“야! 그런 실력을 가진 사람이 아직까지 알려지지 않았다
는 것이 말이 되냐?”

이들의 생각으로는 도저히 이해가 가지 않아서 하는 소리
였다.

실제로 그렇게 대단한 존재가 이제 와서 주먹계를 장악하

려고 하는지도 이해가 가지 않았고 말이다.

이들은 태영이 부산에서 하려고 하는 일의 의도와 취지를 전혀 알지 못하고, 또 이해하지 못한 상태였다.

건달.

건달계는 그동안 일반인들에게 돈을 빌려주고 받는 일이나 술집에서 돈을 벌어들이는 등을 주로 활동의 업으로 하여 조직을 운영해 왔다.

요즘에는 그 방식과 패턴이 다양해지고는 있지만, 그렇다고는 해도 기본적으로 일반인들에게 인식되어 있는 것이 변하지 않기에 이는 어쩔 수 없는 상황.

물론 일부 대조직은 사업체를 정당하게 운영하고 있기는 하다.

그러나 그렇다 해도 조직이라는 것을 벗어나지 못할 뿐더러, 아무리 양지로 나온다 해도 어두운 곳에 접선이 닿아 있는 이상 이들은 굴레를 벗어나기 어려운 법이다.

그렇기에 그들에게 더더욱 중요한 것은 도덕적인 잣대보다 그들만의 언어, 바로 주먹이 도덕의 위치를 대행하며 그들의 길잡이가 되곤 한다.

동생들이 원하는 것은 바로 그런 점이었고, 철민은 이를 명확히 인지하고 있었다.

"보스, 동생들이 보스의 실력을 확인하고 싶어 합니다. 아직 어려서 그런지 눈으로 보아야만 믿음을 가지는 것 같습니다. 죄송합니다."

태영을 쫓아온 철민은 매우 미안한 표정을 지으며 이렇게 말을 꺼냈다.

태영은 조직에 속해 있는 건달들이 가지는 생각의 한계를 알기에 지금 철민이 하는 이야기를 충분히 이해했다.

사실 무인들도 어찌 본다면 무력이나 무위에 대한 기준을 잡고 상대를 대하는 경우가 허다하기에 이해할 수 있는 영역이나 마찬가지였다.

자신도 실력을 보아야 믿을 수 있을 것이라고 생각이 들어서였다.

"그러면 내가 실력을 보이면 되는 건가?"

태영의 대답에 철민은 미안하지만 희망이 보이는 눈빛을 하였다.

"예, 간단하게 애들을 조금 손 좀 봐주시면 될 것 같습니다. 너무 심하게는 하시지 마십시오. 애들도 이제는 중요한 우리의 식구가 될 테니 말입니다."

철민이 오늘 데리고 온 놈들은 나름 정의감이 있는 놈들이었고, 그 실력도 제법 괜찮았기에 고르고 골라 데려온 녀석들이었다.

그런 놈들의 사지 중 하나라도 박살 나면 당장에 전력이 사라지기 때문에 하는 소리였다.

"하하하, 걱정하지 않아도 된다. 그 정도도 생각 없이 처리하겠어?"

태영의 대답에 철민은 조금은 안심이 된다는 얼굴을 하였다.

사실 이런 이야기를 하면서 혹시 기분이 상해서 애들을 전부 병신을 만드는 것이 아닌가라는 생각을 하고 있었기 때문이다.

자신을 찾아와서 보여줬던 모습을 지금 되짚어 보면 어딘가 즉흥적인 느낌을 주었던 것을 철민은 기억하고 있었다.

전에 자신이 당한 일이 있으니 그렇게 생각하는 것도 어쩌면 당연한 일인지도 몰랐지만 말이다.

태영은 철민의 고민을 듣고는 웃으면서 창고로 들어갔다.

그 뒤에는 철민이 아무래도 걱정이 되는 얼굴을 하며 따르고 있었다.

태영은 남자들을 보며 가볍게 입을 열었다.

"이야기를 들었는데 실력을 보고 싶다고 하였다고?"

"그렇습니다. 솔직히 아직도 믿어지지가 않아 눈으로 직접 확인하였으면 합니다."

"간단한 일이네. 그럼 덤벼!"

태영은 간단하게 이들을 보며 덤비라고 했다.

남자들은 태영의 쿨한 성격에 조금 당황이 되기는 했지만 본인이 직접 입을 한 말이기에 받아들이기로 했다.

"우리 모두가 동시에 덤빌 생각입니다. 가능하시겠습니까?"

"그럼 혼자 하려고 한 거냐? 단체로 덤벼도 부족한 실력을 혼자서 하려고 한다고 하니 제법 기대가 되네. 어서 덤벼. 시간 없어."

태영의 말에는 이들에 대한 걱정이 없었지만 남자들은 자신들이 무시를 당하고 있다는 생각이 들어서인지 은근히 기분이 상해 있었다.

'개새끼, 우리를 무시하고 있잖아. 어디 두고 보자. 시간이 지나도 그럴 수가 있는지 말이다.'

이들도 나름 자기들의 실력에는 자신있는 이들이었다.

그런 자신들이 태영에게 무시당하고 있다 생각하니 몹시 기분이 나빠진 것이다.

남자들이 동시에 태영을 향해 달려들었고 자신들이 가장 자신하는 공격을 하였다.

파파파팍!

하지만 이들의 공격은 태영이 모두 방어했고, 그대로 이들에게 돌려주고 있었다.

퍼퍼퍼퍼퍽!

"으윽!"

털퍼덕!

"커억!"

"크윽!"

태영의 공격에 당한 이들은 발에 당한 놈은 날아다녔고 주먹에 당한 놈은 그대로 쓰러지고 말았다.

철민의 시선에 잡힌 그 모습은 자신이 당했던 때와 크게 다르지 않은 느낌이었다.

하지만 확실한 차이는 그 과정에서 피가 터지거나 뼈가 부러지는 소리가 들리지 않았다는 점이다.

철민은 태영이 지금 힘을 조절하여 상대하고 있다는 사실을 눈치챘다.

그렇지 않았으면 아마도 놈들의 사지 중에 하나는 정상이 아니었을 것이기 때문이었다.

남자들은 더도 말고 딱 한 방에 자신들이 이렇게 되었다는 사실에 자신들도 놀라지 않을 수가 없었다.

그만큼 실력이 대단하다는 것을 인정하지 않을 수가 없었다는 이야기였다.

"이럴 수가……."

남자들은 자신들이 당한 사실에 황당한 표정을 짓고 있

었다.

나름 실력에는 자신을 가지고 있었는데 태영과 대결에서 이거는 상대도 되지 않았기 때문이다.

"이제 그만 일어나라. 몸에 부상을 입히지 않았으니 일어설 정도는 될 거다."

태영의 말에 남자들은 자신들을 상대하면서 봐주고 있었다는 사실을 알게 되었다.

실제로 몸에 타박상을 입었지만 부상은 없었기 때문이다.

남자들은 태영의 말에 빠르게 일어났다.

그냥 쓰러져 있는 것도 사실 쪽팔려서였다.

"정말 실력이 대단하십니다."

"저희가 감당할 분은 아니시군요."

남자들은 태영의 실력에 솔직히 놀라면서 인정을 하게 되었다.

태영의 실력은 자신들이 감당할 수준의 실력이 아니라는 것을 본인들이 느꼈기 때문이다.

이 정도의 실력을 가진 사람의 밑에 있다면 조직은 크게 번성할 수 있을 것이라는 생각이 들었으니 말이다.

"정식으로 인사드립니다. 김태종이라고 합니다. 보스."

"저도 인사드립니다. 한민재라고 합니다. 보스."

남자들은 정중하게 정식으로 태영에게 인사를 했다.

이들은 태영의 실력을 철민에게 듣기는 했지만 솔직히 믿지 않았다.

하지만 막상 눈으로 확인하고 겨어보니 충분히 신뢰가 가는 그들이었다.

이런 실력을 가진 사람이라면 충분히 밑에 있어도 되겠다는 생각이 드는 그들이었다.

태영은 눈빛이 달라져 있는 남자들을 보니 아주 마음이 흡족해졌다.

"너희의 눈빛을 보니 아주 마음에 든다. 이제 나를 따라 행동하려면 나에게 목숨을 걸어야 한다. 무슨 의미인 줄은 알겠지?"

태영이 하는 이야기는 이미 들은 이야기였기에 이들의 눈빛이 변하지 않았다.

"알고 있습니다, 보스."

"좋아, 나는 그런 눈빛을 가진 사람들을 아주 좋아한다. 무언가를 할 수 있다는 그런 눈빛을 가지고 있어야 변화가 생기니 말이다."

태영은 그렇게 말하고는 이들을 우선 수련시키키로 마음을 먹었다.

사실은 이들과 마약 조직을 소탕할 생각이 우선이었다.

하지만 이들과 대련해 보니 그러기엔 이들에겐 그럴 실력도 없고, 이름만 알려져 봐야 허명밖에 되지 않을 듯했다.

받쳐주지 않는 허명은 독이게 마련이다.

"철민은 이들과 앞으로 함께 머물 숙소를 준비하고 여기서 수련하게 될 것이다. 그에 대한 준비를 철저히 해야 할 거야."

철민을 보며 태영이 지시를 내리자 철민의 눈빛이 반짝였다.

수련이라는 말이 철민과 남자들의 눈빛을 변하고 있었다.

이들도 무력이 강해지는 것을 원하고 있었고 그런 토대를 태영이 줄 수 있다는 사실을 느꼈기 때문이다.

"걱정하지 마십시오, 보스."

"좋아, 필요한 자금이 있으면 언제든지 말을 하고 어느 정도의 실력이 될 때까지는 합숙을 계속한다. 무슨 말인지 알겠지?"

"예, 보스."

철민과 남자들을 이구동성으로 크게 대답을 하였다.

태영은 마약쟁이들을 잡는 일도 중요하지만 이들을 수련시키는 일도 중요하다 생각했다.

우선 가장 간단한 무의 형을 먼저 알려주고 자신은 마약쟁이들을 잡으러 가기로 했다.

"오늘은 가장 기본적인 무술의 형을 알려주겠다. 기초를

확실하게 다지고 나서는 본격적인 무술을 연마하게 될 것이
니 그리 알고 기초에 모든 정성을 기울이기 바란다.”

“예, 보스.”

철민과 남자들의 눈은 전과는 다르게 엄청나게 빛이 나기
시작했다.

자신들도 보스의 무술을 배울 수가 있다는 기대감이 들어
서였다.

저렇게 강한 실력자가 될 수 있다면 무슨 짓이라도 할 수가
있을 것 같아서였다.

건달짓을 하고 싶지는 않지만, 강해지는 것은 이들의 로망
이었다.

태영은 이들에게 가장 기초적인 무술이라고 하였지만 실
질적으로 그 기초도 상당히 힘이 드는 동작들이었다.

태영이 계속해서 같은 동작을 반복하게 하는 것은 우선 기
초를 알려주고 자신의 일을 해야 하기 때문이었다.

거의 한나절을 그렇게 동작을 알려주고야 태영은 자리를
떠날 수가 있었다.

“자, 모두 내가 알려준 동작들을 기억하였을 것이라고 생
각한다. 내가 다시 왔을 때는 이 동작들이 완전히 몸이 익숙
해 있어야 한다. 무슨 말인지 알겠지?”

“예, 보스.”

철과 동생들은 힘차게 대답을 하였다.

이들에게 마치 지금 배운 동작들에 목숨을 걸고 있는 그런 눈빛이었다.

태영은 그런 눈빛을 보고는 아주 흡족하게 생각을 하고는 입가에 미소를 지으며 나갔다.

태영이 나가자 철민과 동생들은 이마에 흐르는 땀을 닦을 수가 있었다.

"휴우, 가셨네. 정말 힘든 동작들이었어."

"그래도 이런 무술을 알려주는 것이 어디야? 누구한테 싸우는 거 제대로 배워본 적이나 있었냐, 우리가?"

"하기는 그렇지. 그런데 형님?"

"왜?"

철민도 몸이 힘든지 잠시 주저앉을 수밖에 없었다.

"보스는 도대체 얼마나 강한 겁니까?"

"우리가 감당할 분이 아니다. 그렇게만 알고 있으면 된다."

"그러면 지금처럼 수련을 하면 보스처럼 강해지기는 하는 겁니까?"

"지금 배우고 있는 것들이 가장 기초라고 하는 이야기를 너희도 들었지 않냐? 기초를 마치면 아마도 더 강한 것들이 기다리고 있을 것 같은 기분이 든다. 그 위도, 그리고 그 위의 위도."

철민의 이야기에 동생들도 같은 생각이 드는지 고개를 끄덕였다.

이렇게 아무도 모르게 태영은 천무회라는 하나의 단체를 만들고 있었다.

태영이 외국에 나가 코브라와 블랙 매머드를 보고는 자신도 한국으로 가서 저런 단체를 만들어야겠다는 생각을 하기는 했지만 실천을 하지 못했던 바가 있다.

그런 그의 소원이 뜻하지 않게 이런 형태로 이루어지게 되고 있었다.

물론 그것도 태영의 오지랖 때문이기는 하지만 말이다.

＊　　　＊　　　＊

태영은 종팔이 알려준 대로 찾아가고 있었다.

마약을 판매하는 놈들은 절대로 단체로 있지를 않았기에 결국 개인적으로 찾아가는 수밖에 없었다

태영이 이렇게 마약을 찾는 이유는 그 마약이 일본의 조직으로부터 밀수한 것이라는 정보 때문이었다.

그리고 이번 일을 꼭 건네주어야 할 사람을 한 사람 머리에 두고 있었다.

이진호 검사였다.

"이번 마약 건은 아무래도 이진호 검사에게 연락하는 것이 좋겠지?"

태영은 놈들을 검거하기 위해 가장 이득을 볼 수 있는 사람이 이 검사라 판단을 하고 있었다.

그렇게 해야 이진호 검사가 보다 더 나은 위치로 올라설 수 있을 게 분명하기 때문이다.

그리고 규모가 큰 마약 거래라고 한다면 이는 이진호 검사가 언젠가 특진을 할 수 있는 좋은 거리가 될 것이 틀림없다는 게 태영의 판단이었다.

드드드.

"아, 태영 씨, 어쩐 일이십니까?"

이 검사는 지난 암살단 문제로 사실상 검사들 중에 가장 먼저 진급할 인물로 알려지고 있는 중이었다.

그만큼 이 검사는 태영에게 큰 도움을 받았고, 이에 대하여 매우 고마워하고 있었다.

그렇기에 태영의 연락을 살갑게 받으면서 한편으로는 알 수 없는 기대감에 설레어 있었다.

"여기 부산인데요. 대규모로 마약이 거래가 된다고 해서 이 검사님의 도움을 받으려고 전화했습니다."

"마약 거래라고요? 그것도 대규모?!"

　이 검사는 마약 거래라는 소리에 이미 마음은 벌써 부산으로 출발을 하고 있었다.

　마약을 거래하는 현장을 덮쳐서 잡아낼 수 있다면 상당한 쾌거를 이룰 게 자명했다.

　물론 상부에 보고해야 하는 문제가 있기는 하지만, 검사는 태영의 일을 돌이켜 보면 선조취 후보고를 한다 해도 큰 문제가 없을 거란 묘한 직감도 함께하고 있었다.

　"태영 씨, 거기가 부산 어디 정도입니까? 바로 기동대와 함께 출동하겠습니다."

　이 검사는 태영이 절대로 거짓으로 정보를 주지 않는다는 사실을 알기에 하는 소리였다.

　태영은 이 검사가 지금 상당히 놀라고 있을 것이라고 생각이 들었다.

　일반 검사에게 이런 엄청난 소스를 쉽게 물어다 주는 사람은 지극히 드물 게 당연하다.

　그것도 일반인이라면 더더욱.

　어쨌거나 너무 흥분한 듯한 이진호 검사를 진정시키며 태영이 말을 이었다.

　"우선 진정하시고요. 이번 마약 거래를 확실하게 처리가 되면 아마도 국내에 반입되는 마약을 상당수 줄일 수 있을 만큼 큰 거래라고 정보를 접수했습니다. 이 검사님도 상부에 보고하지 마시고 독단적으로 병력을 모으시는 편이 도움이 되실 듯한데… 가능하십니까?"

"그 정도는 충분히 할 수 있는 일입니다. 위치만 알려주시면 바로 가겠습니다."

"하하하, 이 검사님도 참 급하십니다. 서울과 부산의 거리입니다. 진정하십시오. 아직 거래를 하려면 시간이 있으니 충분히 준비를 해야 놈들을 일망타진할 수 있을 겁니다."

"그런 문제는 걱정하지 않아도 됩니다. 어쨌든 지금 바로 내려갈 수 있도록 준비하겠습니다."

이 검사는 지금 태영의 말에 마음이 급해져 있었다.

대규모의 마약 거래를 잡을 수 있다는 것은 검사의 이름과 명예를 높일 수 있는 커다란 기회를 뜻한다.

그런 기회를 이 검사는 놓치고 싶지가 않았다.

그만큼 태영이 한 이야기는 이 검사를 흥분시키고 있었다.

게다가 이진호 검사 또한 정의로 가슴이 뜨거워 검사가 되었던 사람인만큼 더더욱 그러했다.

태영은 이 검사가 오면 마약쟁이들을 잡아들이는 일이 조금은 수월해질 수 있다는 생각이 들어 수락했다.

"그러면 수사관들과 함께 오십시오. 놈들은 마약을 밀수하는 조직이니 총기를 가지고 있을 수도 있습니다. 그에 대한 준비도 권해드립니다. 위치는 문자로 보내 드리겠습니다."

"알겠습니다. 바로 출발을 하도록 하지요.'

이 검사는 대답과 동시에 전화를 끊었다.

태영은 이 검사의 심정이 지금 어떤지 충분히 이해할 수 있었다.

살면서 이런 기회가 자주 오는 것은 아니었기에 지금 이 검사는 또 한 차례 커다란 기회가 눈앞에 있으니 마음이 진정이 되지 않는 것은 어쩔 수 없을 것이다.

물론 자신이 어느 정도 도움을 주려는 마음이기에 이 검사가 위험한 일은 없을 것이다.

이 검사도 자신의 정보가 없으면 절대 놈들을 잡아들이지 못하기 때문이었다.

태영은 이번 건수로 이 검사와 새롭게 관계를 가지려고 하고 있었다.

어쨌거나 종팔이 이야기한 놈들이 있는 장소를 미리 확인해 보니 거짓말하지는 않은 것은 분명해 보였다.

모든 준비를 마친 태영은 느긋하게 이 검사를 기다리고 있었다.

부산으로 내려가는 차량에는 이 검사는 지금 독촉하고 있었다.

"최대한 빨리 달려!"

"검사님, 지금 최고 속도입니다. 그리고 너무 그리 급하게
생각하지 마세요."

"지금 안 급하게 생겼어? 나는 마음이 급해 죽을 지경이라
고."

"하하하, 검사님, 평소에 하신 말은 다 어디로 도망갔습니
까? 급할수록 마음을 차분하게 해야 한다면서요?"

운전을 하는 사람은 이 검사와 함께 수사하는 전담 수사관
이었다.

이 검사와 수사를 함께하다가 우연히 나이를 알게 되어 이
검사가 지금은 편하게 말을 하고 있었다.

나이가 어린 사람에게 존대할 수가 없다는 이유로 말이
다.

정태운 수사관은 그런 이 검사가 아주 마음에 들어 하고 있
었는데 그 이유가 뒷거래를 하지 않아서였다.

이 검사는 검사들 중에 아주 깨끗한 인물로 평을 받고 있는
인물 중 하나였고 실제로도 능력이 있는 검사였다.

특히나 지난 암살 사건으로 일약 유명세를 탄 인물이다 보
니 검찰 측에서도 기대가 큰 것으로 알고 있었다.

태영과 약속한 장소에 도착하자 이 검사는 번개처럼 빠르
게 문을 열고 내려 주변을 살폈다.

태영은 이 검사가 그 무렵, 살짝 몸을 숨기고 있었는데 이

는 이 검사의 반응을 보기 위해서였다.

숨어서 이 검사를 보고 있던 태영은 속으로 한참 웃고 있었다.

'크크크, 검사라는 양반이 저렇게 성격이 급할까.'

이 검사는 태영이 보이지 않자 안절부절하고 있었다.

마음이 다른 곳이 있으니 그런 것이겠지만 말이다.

태영은 이 검사가 수사관을 한 명만 대동하고 와서 조금은 의문스러웠다.

자신이 분명히 많은 인원을 대동하고 오라 했는데 한 명만 데리고 왔기 때문이다.

태영은 이제 그만 곯려야겠다고 생각하고 몸을 드러냈다.

이 검사는 태영이 보이자 아주 반가운 얼굴을 하며 소리를 쳤다.

"강태영 씨, 이제 오시면 어떡합니까? 저는 마음이 급해 죽을 뻔했습니다."

"하하하, 뭐가 그리 급하세요. 제가 아직 날이 아니라고 했지 않습니까?"

태영은 이 검사의 표정을 보니 웃을 수밖에 없었다.

"알고는 있지만 그래도 마음이 조급해 지는 것은 어쩔 수 없네요. 우선 마약 거래에 대한 이야기를 듣고 싶습니다."

이 검사는 부산까지 달려오게 된 가장 큰 이유인 마약에 대한 이야기를 먼저 듣고 싶어 했다.

태영은 자신이 마약에 대해 어찌 알게 되었는지를 이 검사에게 이야기해 주기 시작했다.

그리고 종팔이라는 놈을 잡아 지금 놈들이 있는 곳을 모두 파악해 두었다고 전했다.

"그러면 당장 놈들을 잡아야 하지 않습니까?"

"이 검사님, 아직 아닙니다. 놈들이 마약을 거래하는 순간을 먼저 잡아야지요. 그때 놈들을 잡아도 됩니다. 그래서 제가 수사관들을 많이 데리고 오라고 한 겁니다. 놈들이 어디로 도망을 갈지 모르니 우선 놈들의 행적은 파악을 해두어야 하니 말입니다."

이 검사는 태영의 이야기를 들으면서 자신이 수사관이고 태영이 검사인 것 같은 기분이 들었다.

"이렇게 이야기하니 어째 제가 태영 씨의 지시를 따르는 수사관 같은 기분이 듭니다. 하하."

태영은 이 검사가 조금 기분이 상했다는 것을 느낄 수가 있었다.

하기는 태영 스스로 생각해도 자신이 조금 심하게 간섭하고 있다는 생각이 들기는 했다.

"하하하, 이 검사님, 기분이 상했다면 사과하지요. 저도 놈들을 잡고 싶은 마음이 먼저라 그런 것 같습니다."

태영이 깨끗하게 사과를 하였다.

이 검사는 사실 기분이 상할 이유는 없었지만, 태영의 능력을 알기에 일종의 자격지심이 발동을 하여 그렇게 나온 것뿐이다.

하지만 태영이 사과를 하니 그런 자신이 부끄럽게 느껴졌는지 얼굴이 붉어졌다.

"아닙니다. 제가 괜히 심술이 나서 그런 겁니다. 사과는 제가 해야지요. 죄송합니다, 태영 씨."

이 검사가 이런 모습을 보며 곁에 서 있던 정태운 수사관은 놀라는 기색을 감출 수 없었다.

눈앞에 있는 자가 누구인지는 모르지만 이 검사가 사과할 정도의 인물이라는 것이 바로 그 이유였다.

이 검사는 자존심이 상당한 인물로 평을 받고 있는 사람이었기에 어지간 일에는 절대로 사과하는 일이 없다고 알고 있었다.

하지만 지금 상황은 뭔가.

"이 검사님, 우리 서로 사과하였으니 이제 그만하죠."

이 검사도 태영의 말에 씨익 미소를 지었다.

"그렇게 하지요. 그러면 우리 이제 본격적인 대화를 나눌까요?"

"예, 그래야죠."

태영은 이 검사와 진지하게 대화를 나누기 시작하였다.

태영이 알고 있는 정보를 듣고 있던 이 검사와 정 수사관은 생각보다는 큰 사건이라는 것을 알 수가 있었다.

무엇보다 그 거래의 규모가 가장 큰 문제였다.

마약 밀수 현장에 대한 수사는 기본적으로 강력계 검찰이라면 경험하게 마련인 사건 중 하나다.

한데, 이번 거래의 규모는 일반적인 수준을 넘어선다.

밀수 품목은 히로뽕이라고 한다.

그리고 그 규모가 무려 15kg.

대한민국 마약 적발량이 한 해 평균 20kg이라는 점을 두고 볼 때 무려 사분의 삼이나 되는 양의 거래가 이루어지고 있는 것이었다.

이 정도의 거래라면 국내 대형 조직이라 해도 쉽게 할 수 없는 수준의 거래인데 이를 본거지조차 명확하지 않은 조직이 나선 것이니 굉장히 충격적인 수준의 사건이었다.

이 정도라면 그 어떤 검사라 해도 특진하지 않을 수 없을 수준이었다.

이는 정 수사관 또한 마찬가지였다.

'트, 특진감이다!!'

정 수사관은 태영의 이야기가 끝나자 애가 닳아 바로 질문을 하였다.

"도대체 이런 고급 정보를 어떻게 얻은 겁니까?"

태영은 정 수사관이 질문하자 의문스러운 표정을 지으며 정 수사관을 보았다.

아직 누구인지 인사조차 하지 않았는데 자신에게 질문을 하고 있었기 때문이다.

이 검사는 그런 태영의 표정을 보고는 바로 설명을 하였다.

"아, 여기 있는 이 친구는 저와 함께 수사를 하는 정태운 수사관이라고 합니다. 저와 태영 씨의 관계를 모르니 그런 거니 이해를 해주세요. 정 수사관, 사과하고 인사부터 하는 것이 예의잖아."

이 검사의 이야기를 들은 정 태운은 자신의 실수를 금방 알게 되었다.

"죄송합니다. 마음이 급해 그런 것이니 이해를 해주시기 바랍니다. 저는 정태운 수사관입니다."

정 태운이 정중하게 사과하며 인사하자 태영은 속으로 나쁜 놈은 아니라고 생각을 하고 있었다.

"강태영입니다. 이 검사님과는 개인적인 친분이 있어 만나고 있습니다."

"하하하, 태영 씨는 내가 잘 아는 분이니 이상하게 생각하지 말고 이야기를 더 듣자고."

이 검사의 한마디에 정태운은 금방 뜻을 파악하였다.

“예, 알겠습니다, 이 검사님.”

태영은 두 사람을 보며 나름 좋은 관계를 유지하고 있다고 판단이 들었다.

“수사관은 더 이상 보충이 없는 겁니까?”

“아닙니다. 오늘은 급하게 온다고 여기 이 친구랑 온 거지만 이야기를 들으니 많은 인원이 필요한 것 같으니 부산 지검에서 바로 지원을 받으면 됩니다. 그 점은 걱정하지 않아도 됩니다.”

이 검사는 나름 인맥이 있기 때문에 수사관을 지원받는 문제는 크게 걱정하지 않았다.

태영이 이 검사와 함께하여 놈들을 잡으려고 하는 이유는 이 검사에게도 좋지만 자신도 일본놈들을 잡아야 하기 때문이었다.

그래서 이 검사와 합동으로 놈들을 잡으려고 하는 것이다.

일본의 조직이라고는 하지만 아마도 태영이 보기에는 놈들은 무인일 확률이 높아 보였기 때문이었다.

일본의 무인들은 야쿠자 조직과 관계를 가지고 있기에 이들의 요청을 받아 도움을 주고 있었다.

태영은 그런 무인들을 잡아 놈들에 대한 확실한 정보를 얻을 생각이었다.

물론 그 외에는 이 검사의 실적을 채우는 것이니 서로에게 좋은 일이었다.

어쨌거나 이 검사는 태영과 대화를 하면서 모든 상황을 파악하게 되었고, 태영이 알려주는 주소를 모두 적어 놈들이 움직임을 감시하기 위해 수사관을 파견하기로 하였다.

"정 수사관이 수사관들을 보내는 문제는 알아서 처리해 줘. 놈들이 거래를 마치는 순간에 모조리 잡아들여야 하니 말이야."

"알겠습니다. 놈들의 하부조직까지 모조리 파악이 되었으니 이번에는 확실하게 놈들을 잡아들이겠습니다."

이 검사로 인해 부산에는 갑작스럽게 많은 수사관들이 배치가 되었지만 아직은 조용히 움직이는 타람에 아무도 이 사실을 모르고 있었다.

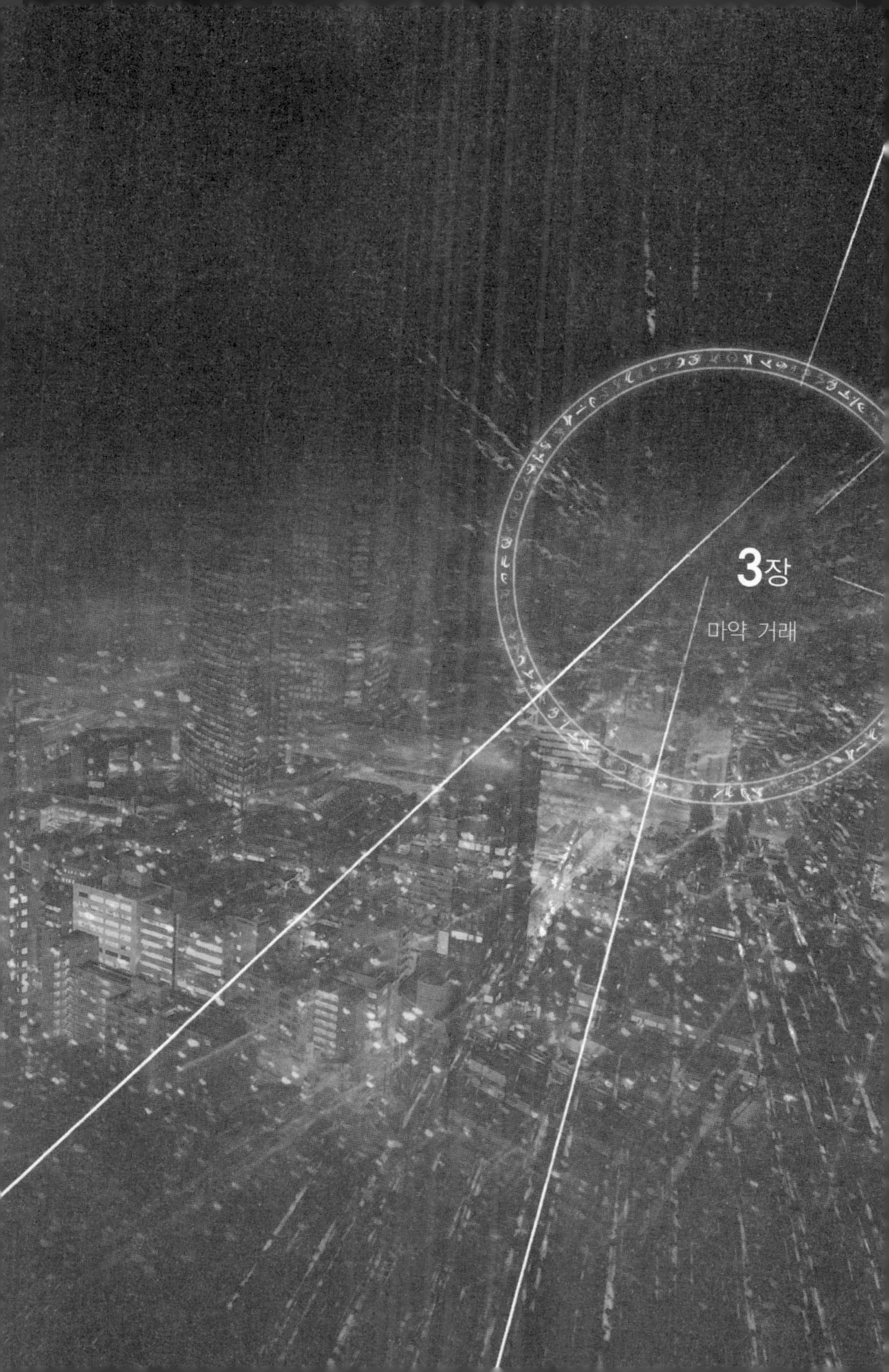

3장
마약 거래

까
불
지
마
!

태영과 이 검사는 야간이 되자 은밀히 병력을 이동시키고 있었다.

이번 일은 경찰 특공대와 함께 놈들을 검거하기 위해 움직이고 있었다.

이는 놈들이 거래하는 장소를 알고 있기에 사전에 자리를 잡으려 움직이는 것이었다.

태영과 이 검사는 놈들이 거래하는 장소로부터 조금 떨어진 곳에 병력을 포진시키고 잠시 숨고르기를 하고 있었다.

이제 놈들이 나타나기만 하면 모든 것은 시작될 것이기에 긴장으로 차오르는 시간이었다.

어둠이 바다를 삼키고 있어 주변에는 아무도 다니지 않을 시간에 차량들이 오는 것이 보였다.

"놈들이군요."

"아마 여기서 신호를 보내는 모양입니다."

"그렇겠지요."

이 검사는 놈들의 활동을 유심히 지켜보며 타이밍을 노리고 있었다.

이는 현행범으로 검거하기 위해 가장 극적인 상황에 덮칠 생각에서였다.

놈들의 차량이 도착하자 빠르게 조폭들은 차에서 내려 바다 쪽으로 신호를 보내기 시작했다.

바다에는 그 신호에 답을 하는지 바로 신호가 왔다.

그렇게 잠시 시간이 지나자 작은 배 한 척이 해안으로 들어오는 것을 볼 수가 있었다.

배가 다다라자 남자들이 배가 들어오는 근처로 몰려들었다.

차량을 타고 온 남자들은 배에서 내리는 인물을 보며 입가에 미소를 짓고 있었다.

"어서오시오, 카네마 상."

“하하하, 신 상, 오랜만입니다.”

“그렇지요. 그런데 물건은 확실 하지요?”

“그럼요. 신용은 확실합니다. 시간이 없으니 빨리 거래를
마치지요.”

남자는 그 말에 미소를 지으며 뒤를 보며 손가락을 튕겼
다.

딱!

그 소리에 뒤에 있던 남자들이 가방을 들고 앞으로 나섰
다.

가방을 가지고 나온 남자들과 일본의 남자도 가방을 들고
나왔다.

서로는 가방을 확인하기 위해 열었고, 남자들은 가방에 있
는 마약을 확인하고는 아주 만족한 얼굴이 되었다.

“물건은 확실하군요. 아주 좋습니다.”

“하하하, 우리는 물건에 대해서는 언제나 거짓말하지 않습
니다.”

“일본 남자가 그렇게 말을 하며 옆에 돈을 확인하고 있는
사람들을 보았다.

그러자 그중에 한 명이 고개를 끄덕였다.

아마도 돈이 확실하다는 뜻인 것 같았다.

태영은 이들이 거래하는 것을 보면서 저 자리에는 무인들

이 없다는 것을 알았다.

작은 내기도 거래 현장에선 느껴지지 않지만, 배에 대해 수상한 기운을 느낀 태영이다.

무인들은 저 자리에 없고 아마도 배 안에 숨어 있으리란 판단을 내렸다.

"이 검사님, 위험한 놈들은 모두 배 안에 있는 것 같으니 제가 배로 접근하겠습니다. 그러니 여기는 이 검사님이 처리해 주세요. 한 놈도 놓쳐서는 곤란합니다."

"걱정 마세요. 그러면 지금 처리할까요?"

"삼 분 뒤에 시작을 하세요. 그 시간이면 배로 들어갈 수가 있으니 말입니다."

"알겠습니다. 조심하세요."

태영은 이 검사의 말에 진심이 담겨 있다는 사실을 알았기에 입가에 미소를 지어 주며 자리를 떠났다.

태영이 떠나자 이 검사는 더욱 긴장을 하며 시간을 보게 되었다.

태영은 은신술을 이용하여 배로 접근하였고 최대한 빠르게 배 안으로 진입을 시도했다.

내기를 활용해 자신의 기척을 완전히 숨긴 태영은 매우 빠른 속도로 배 안에 진입하는 데 성공했다.

물론 내기를 이용하여 안에 있는 놈들이 어디에 있는지를 가장 파악한 것은 물론이었다.

태영이 배에 접근하여 그 위로 조심히 뛰어내리는 장면을 본 이 검사는 이내 무전기를 통해 대기하고 있는 각 병력에 지시사항을 전달했다.

"모두 체포를 하세요. 반항하면 발포를 허락합니다."

이 검사는 마약을 거래하는 놈들이기 때문에 모두 총기를 가지고 있다는 말을 태영에게 들었기에 과감히 발포까지 염두에 두도록 지시했다.

경찰 특공대는 이번 검거에 실탄을 가지고 간다는 사실에 조금 긴장하고 있었는데 발포 허락까지 떨어지자 더욱 조심하는 분위기였다.

그리고 이 검사의 신호가 떨어졌다!

갑자기 사방에서 불이 켜졌다.

"너희는 포위되었다! 모두 그 자리에서 움직이지 마라. 움직이면 발포하겠다."

갑작스러운 일에 일본의 야쿠자와 한국의 건달들도 놀라고 말았다.

"아니, 이게 어떻게 된 일이요?"

"경찰이 이번 거래를 어떻게 알았지?!"

서로에 대한 이야기를 하는 것보다는 지금의 상황을 피해야 하기에 남자들은 눈알을 굴리고 있었다.

블랙파의 보스인 태봉은 인상이 굳어지며 품에 가지고 있던 총을 꺼내고 있었다.

"어차피 걸리면 모두 죽는다고 생각해라. 여기서 탈출한다. 모두 총기를 꺼내 대항하면서 각자 도주하도록. 카네마상, 미안하지만 오늘은 여기서 헤어져야 하겠습니다. 나중에 만나게 되면 그때 이야기하기로 하지요."

"알겠소. 우리도 피해야겠으니 그만 헤어집시다."

일본 야쿠자는 주변에 있는 남자들에게 빠르게 눈치를 보냈다.

이들은 배만 타면 된다는 생각을 하고 있었지만, 배는 이미 태영이 안으로 갔기에 이들의 생각대로 일이 되지는 않을 것이라는 사실을 알지 못했다.

"탈출하자."

태봉의 외침에 이들은 빠르게 사방으로 뛰었다.

그러면서 품에 있던 총기를 꺼내 사방을 향해 쏘기 시작했다.

탕탕탕!

일본의 야쿠자들도 서치라이트를 향해 총을 쏘기 시작하였다.

탕탕탕!

마약 조직이 총기를 사용하자 결국 경찰들도 총기를 사용할 수밖에 없었다.

"사격 개시!"

이 검사는 놈들이 총기를 가지고 있다는 이야기는 들었지만 모두 총기를 휴대하고 있을 줄은 생각지도 못했다.

"저런 미친놈들이 모조리 총기를 가지고 있잖아?"

"이 검사님, 조심하세요. 엄한 총알에 부상을 당하면 곤란합니다."

이 검사의 옆에 있던 정 수사관은 이 검사가 부상을 입을 것을 염려하고 있었다.

"정 수사관, 우리도 사격을 해야지. 가만있는 것은 아니잖아? 한 놈이라도 더 잡아야 쪽팔리지가 않지."

이 검사는 그렇게 말을 하고는 도망가는 놈을 향해 총기를 발사했다.

하지만 이 검사가 들고 있는 권총으로는 놈들을 맞추기가 조금 그런지 형편없는 사격 솜씨를 보여주고 있었다.

정 수사관은 그런 이 검사를 보며 어이가 없었다.

저런 실력으로 무슨 사격을 한다는 것인지 말이다.

정 수사관도 사격을 시작했고 경찰 특공대가 본격적으로 사격을 시작하면서 본격적인 총격전에 돌입했다.

그리고 얼마 지나지 않아 놈들의 사상자가 늘어나기 시작했다.

타타타타탕!

“크아악!”

“아악!”

경찰특공대는 되도록 사지 중 하나를 사격하고 있었는데
이들 중에는 머리를 맞는 이도 생겼다.

이는 몸을 움직이는 바람에 잘못 맞아서 생기는 일이었
다.

하지만 그렇다고 사격하지 않을 수는 없는 일이었다.

한편 태영은 배 안으로 들어가서 그 안에 있는 무인들을 모
조리 박살을 내고 있었다.

배 안에는 모두 다섯 명의 무인이 있었는데 갑판 위에 세
명이 거래하는 장소를 보고 있는 것을 보고는 태영이 가장 먼
저 놈들을 제압하였다.

쉬이익!

빠드득!

꽈직!

“크아악!”

“아악!”

“큭!”

세 명의 무인은 일순간에 자신들이 제압당했다는 것에 놀
라기도 했지만 지금은 고통에 더 정신이 없었다.

태영은 남아 있는 두 명의 무인은 안에 있는 것을 감지하고
는 빠르게 안으로 들어갔다.

안에 있던 두 명의 무인은 갑자기 총소리가 들리자 놀라서
문을 열고 나오려고 하다가 태영과 만나게 되었다.

"웬 놈이야?"

"웬 놈은 쪽바리 새끼들이 여기는 왜 온 거야."

태영은 그렇게 대답하며 바로 공격을 하였다.

태영의 공격은 내기를 싣고 하는 공격이었는데, 이들을 절
대로 그냥 용서하지 않을 생각으로 하는 공격인 탓에 아주 강
한 힘을 싣고 있었다.

뻑!

"크아악!"

태영의 공격을 방어한 무인은 양팔이 모두 부러지는 중상
을 입으면서 뒤로 날아가 버렸다.

하지만 태영은 바로 다음 놈을 향해 공격하였다.

쉬이익!

꽈직! 빠드득!

"아아악!"

두 명의 무인은 갑판에 있는 놈들과는 다르게 상당한 타격
을 입었고 아마도 두 번 다시는 무인으로 생활할 수가 없을
정도로 심하게 부상을 입고 말았다.

이는 태영이 그렇게 의도적으로 공격하였기 때문이다.

무인이라는 놈들이 마약을 팔았다는 것은 죽어도 된다는 생각하고 있는 태영이다.

자신들의 나라도 아닌 남의 나라에 마약을 팔아 돈을 챙기려는 놈은 무인이 아니라는 생각을 하고 있는 태영이었다.

"이 새끼들이 별로 강하지도 않으면서 폼만 재고 있었잖아?"

태영은 일본의 무인이 따라왔을 것이라고 생각하고 있었기에 어느 정도는 실력이 있는 놈이라고 생각했는데 이거는 완전히 실망만 하고 말았다.

하지만 태영이 모르고 있는 것이 있었는데 바로 아직도 자신의 실력이 얼마나 강한지를 모르고 있다는 것이다.

태영의 본신 내기를 모두 사용하면 아마도 누구도 태영을 이길 수 있는 무인은 없다.

그런 태영의 내기를 담은 공격을 받았으니 저렇게 박살이 나지 않는 것이 오히려 이상하게 생각이 들 정도였다.

다만 태영이 자신의 본 실력에 대한 자각이 없어서 그런 것이지만 말이다.

태영은 일본의 무인들을 모조리 잡아 갑판 위에 묶어두

었다.

"놈들이 제법 반항하는 모양인데."

그러면서 배를 향해 오고 있는 놈들이 보였다.

아마도 여기로 오면 도망갈 수 있을 것이라고 생각하고 있는 모양이었다.

태영은 묶여 있는 놈들에게 가서 품에 있는 총기를 꺼냈다.

총은 충분히 사용해 보았기에 이제는 손에 잡기만 해도 아주 편하게 사격할 수 있을 정도는 되었다.

탄알도 충분하기에 태영은 배로 오고 있는 놈들을 보며 기다리고 있었다.

놈들이 배의 근처로 오자 태영은 바로 권총을 쏘았다.

탕탕탕탕탕탕!

연발로 여섯 발을 쏘았는데 신기하게도 모두 놈들을 맞추게 되었다.

"크악!"

"헉! 배에 놈들이 아악!"

"아아악!"

놈들은 태영의 사격에 모조리 쓰러지고 말았다.

태영은 아직 죽은 놈이 없다는 것을 알기에 놈들에게 고함을 쳤다.

"움직이지 마라! 움직이는 놈에게는 머리통에 총알을 선물해 주마."

태영의 말에 놈들은 움직이지 않았지만 개중에 한 명이 은밀히 움직이려고 하였다.

놈은 빠르게 몸을 굴리며 들고 있던 총을 쏘려고 하였지만, 그 전에 총소리가 울렸다.

탕!

퍼석!

태영의 총은 놈의 머리를 사정없이 쏘았고 놈은 그대로 죽고 말았다.

태영이 사람을 죽이는 것에 대해 고민하지 않는다는 사실을 몰라서 꼼수를 쓰려고 하였지만, 결국 그런 생각으로 인해 놈은 목숨을 잃고 말았다.

놈이 죽자 옆에 있던 놈들은 놀라서 모두 엎어지고 말았다.

진짜로 죽일 것이라고는 생각지 못했기 때문이었다.

태영이 일본놈들을 그렇게 하고 있을 때 경찰특공대원들이 블랙파 조직원들을 모조리 체포할 수가 있었다.

물론 반항하는 놈들은 일부 사살되었지만 말이다.

이는 서로 총기를 사용하는 바람에 어쩔 수 없는 일이었다.

"검사님, 놈들을 모두 잡았습니다."

"그러면 저기 남아 있는 놈들도 잡아야겠네요."

이 검사는 태영이 있는 곳을 알려주며 하는 소리였다.

그쪽에는 일본놈들이 모두 엎드려 있는 모습이 눈에 보였다.

수사관들은 태영이 견제하고 있는 일본놈들을 잡기 위해 움직였고 일부는 엠블런스를 부르고 있었다.

오늘은 죽은 자들도 있지만 부상자도 있었기 때문이다.

총상을 입었기 때문에 우선은 빠르게 상부에 보고하여 병원의 지원을 받기로 하였다.

이 검사는 마약 거래하는 놈들을 확실하게 모두 잡기는 했지만 죽은 놈들이 생기는 바람에 솔직히 조금 골치가 아프게 생겼다.

경찰이 아무리 범죄자라고 해도 함부로 죽이는 일에 대해선 문제가 생길 수밖에 없다.

게다가 이번 사건은 국제 사범이 얽힌 문제.

우리나라에서 총기를 가지고 있음에도 불구하고 대부분의 형사나 수사관들이 총보다 소위 말하는 연장을 챙겨서 현장 검거에 나서게 되는 점도 바로 이 부분에 있었다.

물론 지금의 상황에서 어쩔 수 없는 정당방위가 되기 때문에 상부의 큰 문책은 없으리라 판단을 내려보는 이 검사였다.

그렇다곤 해도 한편으로는 마음이 그리 편하지는 않았다.

태영은 쓰러져 있는 일본놈들을 모두 체포하는 것을 보고는 이 검사에게 손을 흔들어 주었다.

배를 가지고 조용히 빠져나가기 위해서였다.

태영에게는 일본의 무인들이 필요하지, 마약을 거래하는 놈들이 필요한 것은 아니었기 때문이다.

"태영 씨, 배를 가지고 가시면 안 됩니다. 그 배는 증거물이라 가지고 가면 나중에 문제가 생깁니다."

이 검사는 태영이 손을 흔드는 모습에 급하게 소리를 쳤다.

태영은 이 검사가 하는 소리를 듣고는 잠시 생각을 하게 되었다.

'흠, 놈들이 타고 온 배라 증거물이 되기 때문이겠지. 그러면 놈들을 어떻게 데리고 가야 하나?'

태영이 고민스러운 얼굴을 하니 이 검사는 태영이 있는 배로 달려왔다.

"태영 씨, 우선은 내 차를 이용하세요. 조금 있으면 지원 병력이 오니 시간이 없습니다."

이 검사와는 처음부터 놈들을 잡으면 태영 자신이 빠지기로 이야기한 상태이기에 하는 말이었다.

놈들에 대해서는 이 검사가 모두 처리하기로 했던 것.

태영은 그런 일로 자신이 노출되기를 바라지 않아 서로간의 협의가 이루어진 것이기도 하고 말이다.

그렇게 태영은 빠르게 살아 있는 일본의 무인들을 차에 태워 사라졌다.

태영이 사라지고 얼마 지나지 않아 대대적인 지원 병력이 도착하게 되었다.

그렇게 또 하나의 큰 사건이 마무리가 되었다.

*　　*　　*

—대규모 마약 소탕! 신출내기 검사의 놀라운 성과!

—우리나라도 더 이상 마약 안전국이 아니다? 이진호가 간다!

며칠이 지났다.

한국은 엄청난 마약 거래를 잡은 이 검사의 이야기로 한참 떠들썩거리고 있었다.

얼마 전 암살 사건에 대한 일로 떠들썩거리게 만든 이진호 검사가 이번에도 초대형 사건을 처리함에 따라 세상의 이목이 검찰로 집중된 탓이었다.

마약 거래 현장을 덮쳐 마약쟁이들을 검거한 쾌거에, 정치나 여러 가지로 힘들던 사람들은 이진호 검사에게 환호를 보냈다.

이로 인해 이진호 검사는 대한민국에서 가장 뜨거운 인물로 부각되고 있었으며, 연일 떠들썩한 분위기에서 사건 처리를 이어가게 된 것이다.

하지만 이런 유난한 이야기와는 상관없이 조용하게 보내는 인물이 하나 있었다.

태영이었다.

엄청난 실적을 얻은 이 검사는 아주 입이 찢어지고 있는 동안 태영은 철민과 애들을 훈련시키고 있었다.

"똑바로 해라. 기본적인 동작도 제대로 하지 못하는 놈들이 다른 무예를 배울 수 있겠냐?"

내기를 사용할 수는 없지만 태영이 알려주는 무예는 선무도의 무예와 실전적인 무예를 교묘하게 합친 것이었다.

하지만 내기를 운용하면서, 그리고 자신이 근이양증으로 힘겹던 시간에서 느꼈던 몸에 대한 열망 등등 여러 가지 생각과 몸의 경험이 다른 누구도 쉽게 알기 힘든 무예를 만들어가게 했다.

물론 이에 대해 태영은 전혀 의식하지 못할 뿐이지만 말이다.

어쨌거나 태영은 자신이 무인들과 대련하면서 배운 것들을 기억하고 그를 이용한 새로운 무예를 만들어 이들에게 전수하는 데 여념이 없었다.

남들이 알면 대단하다는 소리를 하는 데에서 그치지 않고, 경악할 수 있을 법한 일이었다.

소위 말하는 심득이랄까.

자신이 지금까지 쌓은 그것을 아무렇지도 않게 건네는 것도 대단한 일이고, 무예를 익히기 시작한 지 그렇게까지 오래되지 않은 이가 실전에서 강렬할 수 있는 무예를 만들어 가르친다는 것 또한 대단한 일이었다.

그러나 태영은 그저 무심할 뿐이었다.

누군가에게 그런 소리를 듣고 싶지도, 알리고 싶지도 않았기에 조용히 철민과 동생들에게 자신이 만든 무예를 가르칠 뿐이었다.

"보스, 기본이라고 하지만 솔직히 너무 어렵습니다."

태영이 가르치고 있는 무예의 기초는 사실 조금 어려운 것은 사실이었다.

본격적인 무예이자 태영이 얻어온 것의 정수다 보니 쉽게 얻을 수 있는 것은 아니기에 더욱 그랬다.

"너희가 익히고 있는 무예는 쉽게 생각할지는 모르지만 확실하게만 익히면 현존하는 건달 중에서는 최강의 건달이 될 수 있을 정도라 자부한다. 그러니 다른 소리 하지 말고 열심히 수련하여 나를 기쁘게 해주어야 한다.”

태영의 말에 철민과 동생들은 속으로 놀라고 있었다.

강한 것이라고는 생각했지만 태영의 자부심이 넘치는 발언은 충분한 신뢰를 이끌어냈다.

태영이 직접 자신들을 가르치니 솔직히 난이도가 있다곤 해도 가르침이 어려운 것은 아니니 말이다.

그만큼 태영의 가르침은 이들에게 확실하게 교육되고 있다는 이야기다.

“죽도록 노력하겠습니다, 보스.”

철민의 대답에 태영은 아주 만족한 미소를 지었다.

“우리가 속해 있는 조직은 앞으로 천무회라 할 것이니 너희도 그렇게 알고 있도록 해라. 너희는 앞으로 천무회의 무력을 담당하게 될 것이고 철민은 그 무력단의 단장이 되고 나머지는 모두 조장이 되어 밑으로 삼십 명의 조원을 모집하도록 해라. 자금은 내가 지원해 주겠지만 가장 우선적으로 인성이 되어 있는 인물로 뽑아야 한다는 것을 명심할 것. 철민은 천무회가 자리를 잡을 수 있는 건물을 하나 알아보고 나에게 보고를 해라.”

태영이 앞으로의 일에 대한 지시를 해주니 이들은 모두 조용히 경청했다.

지금은 미약하지만 점점 자신들의 실력이 높아지는 것을 느끼고 있었다.

그렇기에 태영의 말은 곧 자신들의 미래라 여기고 있는 그들이었다.

대부분의 사람들은 태영과는 다르게 현실적인 부분을 먼저 보았다.

이들도 마찬가지로 꿈을 꾸는 그런 이야기하였으면 아마도 중간에 포기하였겠지만, 지금 태영이 하는 이야기는 꿈을 현실로 실행하기 위한 구체적인 노력들을 담고 있었다.

우선 인성을 보고 뽑는 이들에 대해서 다른 조직이 모르게 할 수 있었고, 그렇게 비밀스럽게 사람을 준비하여 강하게 수련시키면 충분히 승산이 있으리라 여기는 그들이다.

"걱정하지 마십시오, 보스."

"충성으로 모시겠습니다, 보스."

이들의 얼굴에는 비장한 표정이 생기고 있었다.

천무회가 이렇게 만들어지고 있었지만 앞으로 이들이 얼마나 많은 노력할 것인지는 아무도 모르는 일이었다.

태영은 철민에게 다음 행동에 대한 것을 지시하고는 다시 서울로 향했다.

천무회는 우선 부산에 본거지를 삼고 대대적으로 인원을

보강하기로 하였기에 이를 위한 준비가 필요했다.

태영은 그런 일은 모두 철민에게 위임하는 지시를 내렸고, 철민에게 다소 아쉬운 점을 배신하지 않을 확신이 드는 녀석들 중 머리 좋은 녀석을 붙이도록 했다.

"천무회가 자리를 잡으려면 시간이 필요하겠지. 하지만 저들이 자리를 잡게 되면 앞으로는 마약하는 놈들에게는 지옥이 될 것이다."

태영은 조직을 없애도 결국은 다시 생기게 되기 때문에 강력한 통제할 수 있는 조직을 만들어 최소한 인신매매나 마약을 하지 않는 그런 조직이 되기를 바라고 저들을 지원하려고 하였다.

* * *

서울 검찰청.

이곳은 지금 부산에서 일어난 엄청난 마약 거래로 인해 대한민국에서 가장 시끄러웠다.

물론 그 당사자는 이 검사의 이야기였고 말이다.

"검사님, 호출입니다."

"어디로요?"

"지검장님실로 오시라고 하네요. 좋은 일이 있는 것 같습니다.”

이 검사는 드디어 시간이 되었다고 생각이 들었다.

아마도 이번 사건으로 인해 엄청난 인기를 몰고 있는 이 검사를 검찰에서는 그냥 둘 수가 없으니 무언가 대책이 필요하였기 때문에 부르는 것으로 보였다.

“알겠습니다.”

이 검사는 입가에 미소가 그려졌지만 한편으로는 자신의 능력이 아닌 태영의 도움으로 이번 사건이 해결이 되었다는 것이 조금 마음에 걸리기는 했다.

이 검사는 검찰의 수뇌부에 새롭게 인식을 시키며 바쁜 시간을 보내고 있을 무렵, 태영은 집에 도착하여 혜미와 즐거운 시간을 보내고 있었다.

“오빠, 우리 영화나 보러 갈래요?”

“영화? 재미난 것이 있어?”

“그냥 이렇게 있으니 심심하잖아요. 그러니 영화라도 보러 나가요. 집에만 있으니 답답해서 그래요.”

“그렇게 하자.”

태영은 자신은 혜미와 집에 있는 것이 좋았지만 당사자인 혜미는 그렇지 않다고 하니 나가기로 마음을 먹었다.

태영과 혜미는 즐거운 시간을 보내고 있을 무렵, 국정원에는 미국에서 보낸 하나의 정보 때문에 골치를 썩고 있었다.

"아니, 어째서 자국의 일을 우리에게 해결을 해달라고 하는 거야?"

"아마도 강태영 씨 때문에 그러는 것 같습니다."

태영은 이번 미국에서 벌인 일 때문에 본의 아니게 국정원의 특별 요원이 되었지만 사실은 국정원에서 임의적으로 그렇게 소개한 것이었다.

그런 태영에게 지금 협조 요청이 들어와 있어서 골치가 아픈 국정원이었다.

물론 태영 때문에 얻은 이득을 생각하면 자신들이 오히려 태영에게 더 잘해주어야 하는 입장이었지만 말이다.

"강태영 씨는 우리 요원도 아닌데 어떻게 협조를 해달라고 하겠나?"

"그때 미국의 정보부에 우리 특별요원이라고 설명하는 바람에 그런 것 같습니다."

"이거 골치 아프네, 정말."

국정원에서도 태영의 문제 때문에 골치가 아픈 상황이었다.

그렇다고 미국의 협조를 무시할 수도 있는 입장이 아니었기 때문이다.

"강태영 씨 지금 어디에 있는 수배하고 보고해."

"알겠습니다, 과장님."

국정원에서는 태영을 찾기 위해 움직이고 있었다.

점차적으로 태영을 중심으로 무언가 일이 벌어지고 있는 이야기였다.

태영을 중심으로 미국 그리고 중국, 일본 등의 나라들이 움직이고 있다는 사실을 태영은 모르고 있었다.

특히나 강대국이라고 할 수 있는 미국에서는 무슨 짓을 해서라도 태영을 자국의 인물로 만들려고 하는 터였다.

4장

국정원의 선택

까
불
지
마
!

태영을 둘러싸고 많은 일들이 벌어지고 있지만 태영은 아무 것도 모르고 있었다.

그러다 갑자기 국정원의 연락을 받고야 대충 들을 수가 있었다.

"그러니까? 저 보고 미국으로 가라는 이야기입니까?"

"예, 이번 한 번만 도와주십시오. 부탁드립니다, 태영 씨."

"아니, 내가 왜 그래야 하는 가요? 저는 국정원의 사람도 아닌데 말입니다."

태영의 성격을 어느 정도 알고 있는 정 과장은 어떻게 태영을 이해를 시켜야 할지 골치가 아팠다.

위에서는 무슨 일이 있어도 보내라고 하지만 당사자가 안 간다고 하는데 무슨 방법이 있겠는가 말이다.

"저기 태영 씨, 미안하지만 이번만 저희를 도와주시면 안 되겠습니까? 제발 부탁합니다."

정 과장은 태영에게 거의 애걸을 하고 있었다.

자신이 비록 과장이기는 하지만 상부의 지시를 어길 자신 은 없었기 때문이다.

솔직히 이러고 싶은 마음은 없었지만 목구멍이 포도청이 라 마누라와 자식들을 생각하니 어쩔 수 없이 이럴 수밖에 없 는 입장이었다.

태영도 정 과장의 입장을 충분히 이해는 하지만 지금 자신 이 처해 있는 상황이 미국으로 갈 수가 없었기에 거절하고 있 었다.

당장 일본의 무인들 때문에 발등에 불이 떨어져 있는 상황 에서 자신이 자리를 피할 수는 없는 노릇이다.

하지만 그런 사정을 모두 이야기해 줄 수는 없었기에 난감 한 표정을 짓게 되었다.

"저기 정 과장님, 저는 지금 일이 있어 미국으로 갈 수가 없 지만 다른 분을 소개해 줄 수는 있는데 어떠세요?"

태영은 자신이 수련시킨 무인을 보내면 그리 문제는 없을 것이라고 생각이 들어 하는 소리였다.

그리고 한 사람이 태영의 머릿속에 있었다.

비룡문의 한재훈이었다.

그라면 충분히 자신을 대신할 만한 능력이 있다고 판단이 되어 하는 소리다.

"다른 분이라면 무인을 말하는 겁니까?"

"예, 제가 아니더라도 한국의 무인들 중 제법 강해진 이들이 있습니다. 어딜 가더라도 꿀리지 않을 겁니다. 게다가 요즘 상황이 제가 자리를 비우면 안 되는 이유가 더 있다 보니……."

태영은 한재훈에 한해서 하는 소리지만 정 과장의 입장에서는 강해졌다는 소리에 눈빛이 달라지고 있었다.

한국의 무인들은 국정원과는 사실상 많은 부분을 공유하고 있는 것들이 많았기 때문이다.

"아, 그렇습니까? 그러면 어느 분을 소개해 주실 생각이십니까?"

정 과장은 태영의 말을 통해 그 일이 어렴풋이 한국과 일본 무인 사이의 일일 것임을 추측했다.

어느 정도 무인들과의 교류가 있는 탓에 내린 판단이었고, 태영이 하려는 일을 되짚어 본다면 이는 옳은 결론이었다.

지금 태영은 한국의 대표적인 무인이기 때문에 이런 상황에서 자리를 비울 수가 없다는 것으로 알아들었기 때문이다.

"비룡문의 무인입니다. 하지만 실력은 확실하니 그만한 대우를 해야 할 겁니다."

태영은 이참에 한재훈을 확실하게 키울 생각이었다.

비룡문이 거의 망해가는 상황이었으니 어느 정도의 도움이 필요하기는 했다.

무인으로서 얼마나 재간이 있는지 알게 된다면 틀림없이 비룡문은 다시금 살아날 수 있으리라 생각하는 태영이다.

정 과장은 솔직히 믿음이 가지는 않았지만 태영이 소개하는 사람이라 바로 거절할 수는 없어서 우선은 만나보고 결정하기로 마음을 굳혔다.

"태영 씨가 그렇게 이야기를 하시니 우선은 그분을 만나보고 결정을 하겠습니다."

"그렇게 하세요. 제가 연락하여 약속을 잡겠습니다."

태영도 정 과장의 말에 찬성을 하였다.

아직 알지도 못하는 사람이니 당연히 그렇게 해야 한다고 생각이 들어서였다.

태영은 국정원과의 문제를 그렇게 해결하였다.

지금 자신은 일본의 무인들에 대한 문제가 더 시급하기 때문에 어쩔 수 없는 선택이었다.

*　　　*　　　*

한편, 태영에게 털린 일본의 조직의 보스는 불같이 화를 내며 문책하고 있는 상황이었다.

꽝!

"도대체 무슨 일을 그렇게 하고 있는 거냐? 한국의 경찰력을 무시하지 말라고 하였는데도 이런 결과를 만들었으니 그 책임을 져야 할 것이다!"

"오야붕! 책임을 피할 생각은 없지만 이번 사건은 조금 이상합니다. 무인들의 협력을 받았는데 이렇게 당했다는 것은 도저히 이해할 수가 없습니다."

"이번에 도움을 받은 것은 사실이지만 무인이라고 총기를 피할 수는 없는 일! 검기를 사용하는 그런 무인이라면 몰라도 무슨 말인지 모르겠느냐?"

일류의 무인이라도 어느 정도는 총기의 공격을 예측하여 피할 수가 있을 만큼의 능력이 있다.

그러니 그 위의 무인이라면 충분히 그렇게 할 수가 있었기에 하는 소리였다.

이번 일에 도움을 받은 무인들은 일류가 한 명이었고 나머지는 그 밑의 무인들이었기에 당했다고 생각하고 있는 모양이었다.

“아직 확실한 정보를 얻지 못했지만 무언가 우리가 모르는 것들이 있다고 판단이 들어서 하는 소리입니다. 마지막으로 제가 그 일에 대해 조사할 수 있도록 해주십시오.”

이번 마약건은 일본의 조직에서도 상당히 중요하였고 이번 일로 인해 얻은 피해액도 상당하였기 때문에 고민이 되었다.

“좋다. 이번 일에 대한 조사를 책임지고 알아내도록 해라. 한국의 정보력을 이용해도 된다. 무슨 소리인지 알겠느냐?”

“알겠습니다. 무슨 일이 있어도 이번 사건에 대해 밝히도록 하겠습니다. 오야붕.”

일본의 조직은 마약 사건으로 인해 엄청난 피해를 입었기에 이를 만회하기 위해 여러 가지 대책을 요구하는 상황이 되었다.

이번 마약 거래에 들어간 자금이나 그 규모가 심상치 않은 수준이기에 이는 더욱 그랬다.

같은 시각, 어떤 일이 벌어지고 있는지 전혀 알지 못하는 태영은 한국의 무인들이 있는 곳으로 가고 있었다.

비룡문의 한재훈과 이야기도 해야 했기 때문에 약속 장소를 그쪽으로 정한 것이다.

“어서 오게.”

태영이 도착하자 가장 먼저 반겨주는 인물은 바로 무인들
의 회장인 진태였다.

"안녕하셨습니까, 회장님."

"허허허, 그러게. 오랜만일세. 우선 안으로 들어가세."

태영은 진태의 환영을 받으며 안으로 들어갔다.

한국의 무인들은 검기를 사용하는 태영에 대한 존경과 흠
모의 눈빛을 뿌리고 있었다.

아직 나이도 어린 태영이 검기를 사용한다는 사실을 알게
되자 이들도 요즘은 부족한 수련을 만회하려 죽을 정도로 열
심히 하고 있게 되었다.

그만큼 검기라는 것은 무인들에게는 꿈과 희망이었기 때
문이다.

안으로 들어가서 자리에 앉자 진태가 먼저 입을 열었다.

"그래, 무슨 일로 온 건가?"

태영이 검기를 사용하는 무인이기는 하지만 무인 협회에
는 자주 오지 않는 인물이기에 하는 소리였다.

"여기서 비룡문의 한재훈 씨를 만나기로 해서 겸사겸사해
서 오게 되었습니다."

"허허허, 그런가? 앞으로는 자주 좀 오도록 하게. 자네 때
문에 지금 무인들이 아주 난리야. 이 정도로 열기에 찬 채 수
련하는 무인들을 보는 게 정말 오랜만이야.'

　　태영도 무인들이 요즘은 전과는 다르게 엄청나게 힘들게 수련하고 있다는 이야기를 듣기는 했다.

　　"저도 자주 오도록 해보겠습니다."

　　"그렇게 하게."

　　태영은 그렇게 회장과 이야기를 마무리하고는 나갔다.

　　또 다른 장소, 같은 시각.

　　중국의 무인들은 중국대로 복잡한 상황에 휘말리고 있었다.

　　한국의 무인들에게 자존심이 상한 그들은 검기를 사용하는 무인들을 모으기 위해 엄청난 자금을 들였고, 그 결과 한 사람의 무인을 발견하였다.

　　단지, 그 넓은 대륙에서 무인 협회가 휘청일 만큼 자금을 쏟아부었음에도 찾은 인물이 고작 한 사람에 불과한 것이었다.

　　"아니, 검기를 사용하는 무인이 불과 한 사람밖에 없다는 것이 말이 되는 소리요?"

　　"최선을 다해 찾았지만 한 사람밖에는 없었습니다."

　　"그러면 검기를 사용하는 무인과 한국의 무인이 대련하면 어떨 것 같소?"

　　"솔직히 자신이 없습니다."

중국 무인 협회 회장인 화용태는 그 소리에 마음이 답답해졌다.

한국이라는 작은 나라의 무인들에 비해 중국의 무인들이 약하다고 생각을 하지 않는 그들이다.

오랜 세월 쌓아온 무림의 중국이니, 아무리 전쟁의 여파로 남은 이들이 적다 하지만, 이 정도일 줄이야.

그들로선 화가 나서 미칠 것만 같은 기분이 들었다.

"후우, 좋소. 검기를 사용하는 무인을 아직 찾지 못해 그런 것이라면 나도 더 이상 그 부분에 대해서는 말을 하지 않겠소. 그러면 우리와 연락이 되는 무인들 중어 검기를 사용하는 무인은 모두 두 명이라는 말이오?"

"그렇습니다. 두 명의 무인만이 검기를 사용하고 있습니다. 회장님."

"다음 대결은 언제라고 했소?"

"아직 정하지 않았습니다. 저번에 일이 이상하게 되는 바람에 대결은 언급조차 되지 못했습니다."

이들은 사파의 무인인 슈우핑의 문제로 더 이상은 대련에 대한 이야기를 하지 못하고 있었다.

한국의 무인들과 하는 친선 대회에 사파의 무인이 참석하였다는 것은 그만큼 문제가 되었기 때문이었다.

세 나라가 하는 대회도 태영의 등장으로 인해 친선이라는 말이 무색하게 변해 있었다.

"검기를 사용하는 무인 두 명이면 그자를 상대할 수 있지 않겠소?"

"저도 두 명의 무인이라면 충분하다고 생각합니다. 단지 그자가 그렇게 하려는지가 문제이지요."

"만약에 친선대회가 성립이 되지 않는다면 그자를 만나 돈을 주어서라도 설득하시오. 자금은 얼마든지 대주겠소."

중국의 무인들은 태영을 만나 많은 돈을 들여 대련하려고 하였다.

문제는 태영이 하려는지가 문제이기는 했지만 말이다.

"알겠습니다. 무슨 짓을 해서라도 대련을 성사시키겠습니다, 회주님."

중국의 무인들이 은밀히 움직이기 시작하고 있었다.

이들도 명예를 찾기 위해 최선의 방법을 동원하고 있는 중이었다.

무인의 명예는 천금을 주고도 살 수가 없다고 생각하고 있었기 때문이다.

*　　　*　　　*

태영은 흘러가는 상황을 모르고 있었지만, 태영의 스승인 대오 스님은 어느 정도의 정보를 얻고 있었다.

결국 대오는 제자의 일이라 그냥 넘어 갈 수가 없었는지 태영에게 전화하게 되었다.

드드드드.

"스승님 어쩐 일이십니까?"

"중국에서 검기를 사용하는 무인을 찾은 모양이다. 저들은 그자들을 이용하여 너와 대련할 생각인 것 같구나."

태영은 스승의 이야기를 들으니 호기심이 생겼다.

"중국에도 검기를 사용하는 무인이 있다고요?"

"우리보다는 중국의 무인들이 더 많으니 검기를 사용하는 무인들이 나오기도 더 많지 않겠냐."

중국의 무인이 한국의 무인보다 많은 이유는 저들은 두인들에게 먹고살 수 있게 해주고 있기 때문이었다.

우선은 무인이 되면 가족들이 편하게 먹고살 수 있도록 지원을 해준다.

이는 무인이 현실에 좌절하기보다 무인으로 살아가기 위한 노력을 저버리지 않을 수 있다는 것을 뜻한다.

그렇다 보니 무인으로 성공하는 것을 바라는 이들이 제법 많은 중국이다.

한국은 중국과는 사정이 다르게 때문어 지원도 없고 무인으로서 살아가는 데 배고픔과 마주하게 된다.

이는 결국 배고픔에 무인의 생활을 벗어나려고 한다는 것을 뜻한다.

사람은 굶어가며 살 수 없으니까, 혹여 꿈을 보며 산다 해도 가족까지 희생하며 살아가기란 보통 쉬운 일이 아니니까.

그만큼 한국의 무인이 되기는 쉬운 일이 아니라는 이야기였다.

물론 절대적인 것은 아니지만 말이다.

"스승님, 저는 중국의 무인들 중에 검기를 사용하는 무인이 있다면 한번 만나고 싶습니다. 저들의 실력이 어느 정도나 되는지 직접 경험하고 싶습니다."

태영은 검기를 사용하는 무인이 나왔다는 말에 솔직하게 그들과 직접 대련하고 싶었다.

자신의 실력이라면 절대 지지는 않을 것이라는 묘한 확신도 한몫했다.

태영이 자신의 실력에 대해 확실하게는 모르지만 어느 정도는 짐작하고 있기는 했기에 이번만큼은 확실하게 저들을 상대로 자신의 실력을 알고 싶기도 했다.

저들은 자신의 실험 대상이라는 생각을 하고 있다는 이야기였다.

대오는 제자의 의견을 듣고는 심각하게 고민을 하게 되었다.

지금 듣는 이야기로는 자신의 제자인 태영이 오만하게 느껴지고 있어서였다.

물론 태영이 절대 오만하지 않다는 것 정도는 대오도 알고 있었다.

하지만 본인도 모르는 사이에 오만하게 행동할 수도 있기에 이번 기회를 이용하면 조금은 도움이 될 스도 있다는 생각이 들었다.

“그렇게 생각한다면 좋다. 조만간에 그들이 너에게 연락이 올 것이니 직접 만나서 이야기를 들어보도록 해라.”

“알겠습니다, 스승님.”

태영은 스승인 대오 스님이 허락하였기 때문에 아주 밝아졌다.

솔직히 자신의 스승인 대오는 그런 것에 아주 민감하게 생각하고 있다는 것을 알고 있었기에 이번 허락은 태영을 기쁘게 해주고 있었다.

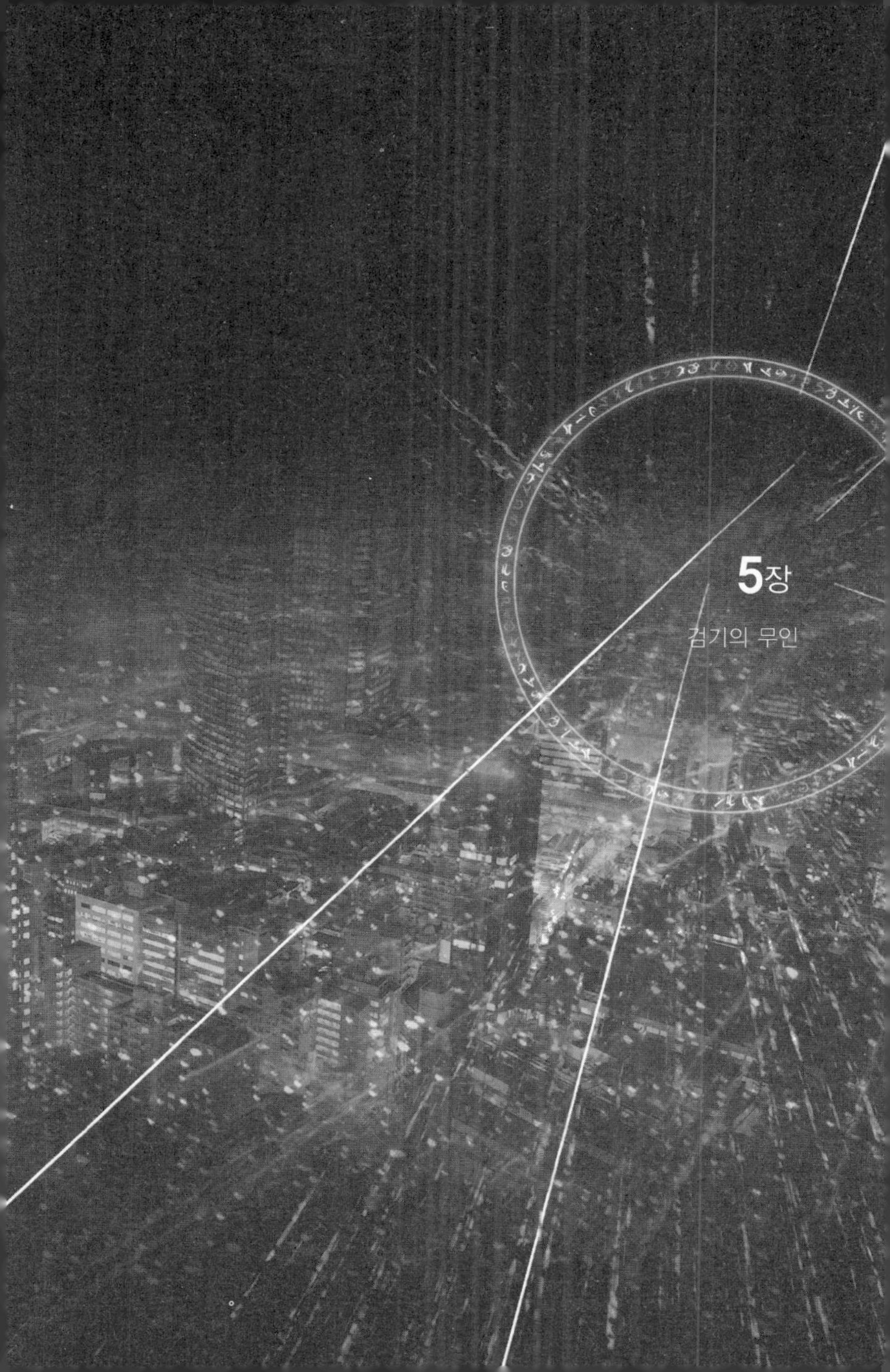

5장
검기의 무인

까불
지마
!

　태영은 대오 스님이 이야기를 한 중국의 무인들이 직접 자신을 찾아오게 되어 조용한 만남을 가졌다.

　"나를 찾은 이유가 무엇입니까?"

　태영은 그동안 중국과 일본의 무인들이 있다는 것을 알게 되고부터는 두 나라의 말을 배우는 것에 많은 시간을 투자하였고 덕분에 통역사가 없이도 이들과 대화를 할 수 있을 정도는 되었다.

　하지만 지금 태영이 있는 자리에는 한국말을 통영해 줄 통역사가 따로 있었기에 태영이 중국말로 말을 하지 않아도 문제는 없었다.

"우리는 강태영 씨와 대련하고 싶어서 찾아온 것입니다. 우리 중국의 무인들 중에 검기를 사용하는 무인이 두 명이나 있습니다. 우리는 그들과 대련을 해주었으면 해서 찾아온 것입니다."

중국의 무인으로 온 인물은 중국 무인 협회의 인물로 제법 고위급의 사람이었다.

태영은 내심 바라는 이야기였지만 그렇다고 자신이 너무 쉽게 이들의 요구를 수락하면 값어치가 떨어지게 된다는 사실을 알기에 한 번은 거절하려고 하고 있었다.

태영이 속으로는 그렇게 생각하지만 겉으로는 약간 인상을 쓰고 있는 모습이라 그런지 상대방은 다르게 생각을 하게 되었다.

"저희는 강 선생님이 대련을 해주시면 그에 대한 보상을 충분히 할 수도 있습니다."

"보상이라? 그래 얼마나 많은 보상을 주려고 하는지는 모르지만 나는 무인이기 때문에 보상을 받으려고 대련하지는 않습니다. 그렇게 알고 돌아가시기 바랍니다."

태영의 냉담한 반응에 상대는 더욱 얼굴이 굳어지고 있었다.

자신은 이번 대련을 무슨 일이 있어도 성사시켜야 하기 때문이었다.

그리고 태영이 비록 불쾌하게 반응을 보이기는 하지만 조금은 관심을 보이고 있다고 생각이 들었다.

처음과는 조금 다르게 확실한 역수를 알려주어야겠다고 판단을 내렸다.

"이번 대련에는 저희가 한국 돈으로 오십억을 준비하고 있습니다."

'오십억이라고?'

태영은 속으로 조금은 놀라고 있었다.

오십억이라는 자금이 이들에게 작은 돈일지는 모르지만 자신이 생각하기로는 상당한 자금이었다.

아마도 스승인 대오는 이런 상황을 미리 짐작을 하였기에 이들과의 만남을 가지라고 하였는지도 모른다.

태영이 오십억이라는 말에 조금 눈빛이 빛났지만 이내 금방 시들해지는 것을 본 남자는 입술을 깨물었다.

사실 이번 대련에 자신이 허락을 받은 자금은 백억이었다.

하지만 본디 자신도 남는 것이 있어야 하는 법.

해서 절반을 불렀는데 상대가 잠시 관심을 가지다가 이내 시들해지는 바람에 속이 타들어가고 있었다.

"강 선생님, 오십억이 작다면 칠십억까지 드릴 수도 있습니다. 부디 우리 중국의 무인들과 대련을 해주셨으면 합니다."

상대는 아까와는 조금 다른 태도러 부탁을 하였다.

태영은 그런 남자의 눈을 보았고 그 안에 아직은 자신이 원하는 대답이 나오지 않았다는 것을 금방 알았다.

저 눈빛에는 거짓이 들어 있었기 때문이었다.

"칠십억이라 물론 작은 돈이 아니지만 솔직히 나에게는 그리 큰돈이 아닙니다. 그러니 그만 돌아가세요."

'치, 칠십억도 적다고?!'

태영의 대답에 남자는 속으로 놀라고 있었다.

태영이 어느 정도는 자금을 가지고 있을 것이라는 생각은 하였지만 한국이라는 나라의 특성을 볼 때 무인이 많은 자금을 가지고 있을 리 없다.

그렇게 생각하며 부른 가격이었는데 그 정도의 금액으로는 마음도 흔들지 못하고 있었던 것.

"그, 그러면 얼마를 원하십니까?"

남자는 태영이 돈이 많은 무인이라는 생각이 들자 솔직히 조금은 마음이 급해지고 있었다.

이번 대련을 성사시키지 못하게 되면 자신은 죽은 목숨이었다.

태영은 남자를 보며 속으로 웃고 있었다.

처음에는 거만하게 행동을 하다가 갑자기 저렇게 꼬리를 말고 있으니 웃음이 나온 것이다.

"내가 천억을 달라면 줄 겁니까?"

태영이 느긋하게 대화하자 남자는 자신이 태영에게 당했다는 것을 느끼게 되었다.

"저희가 준비한 금액은 백억을 준비하였습니다. 강 선생님."

남자의 눈에는 진실을 담고 있었기에 태영은 이번에는 진실이라는 것을 알았다.

"원하는 것이 대련입니까?"

"그렇습니다. 대련을 해주신다고 하면 바로 지불을 해드리겠습니다."

태영은 중국의 무인에게 호기심을 가지고 있었기에 남자의 말에 바로 수락하였다.

"좋습니다. 백억이 입금이 되면 대련을 하지요."

태영의 대답에 남자는 얼굴이 환해졌다.

"알겠습니다. 바로 조치를 취해 드리겠습니다."

태영과 남자는 대련할 날짜를 잡았다.

물론 그 전에 돈도 입금해 주겠다고 하였고 말이다.

태영은 돈이 입금이 되지 않으면 대련도 없다고 하였기 때문에 선입금을 받고 대련하기로 약속하였다.

　중국의 무인이 검기를 사용한다는 이야기를 들었기에 태영은 자신의 실력을 조금이라도 더 몸에 익숙하게 하려 수련을 결정하였다.

　'검기를 사용하는 무인이라고 저렇게 대련을 원하는 것을 보면 놈들도 그만큼 준비를 하였다는 이야기이니 나도 충분하게 수련을 해야겠다.'

　태영은 그렇게 결정하곤 이내 바로 수련을 위한 준비를 시작했다.

　태영은 수련에 앞서 가장 먼저 스승인 대오 스님에게 전화를 걸었다.

　수련을 하기에는 대오 스님이 있는 곳이 가장 좋았기 때문이다.

　드드드드—

　"무슨 일이냐?"

　"스승님 중국의 무인들과 대련하기로 하였습니다. 그래서 수련을 위해 거기로 가려고 합니다."

　"저들과 대련하기로 했다고? 그러면 무엇을 받기로 했냐?"

　스승인 대오는 태영이 절대 그냥 대련하지는 않을 것이라고 믿고 있는 모양이었다.

　하기는 시간이 지나면 어차피 다 드러날 일이었기 때문에 태영도 속일 생각은 없었다.

"저들에게 백억을 받고 대련해 주기로 했습니다. 스승님."

"그래, 이번에는 제법 벌었구나. 어서 내려오너라."

대오는 태영이 대련을 하는 조건으로 백억이나 받기로 했다는 소리에 속으로 상당히 놀랐지만 겉으로는 그런 내색을 하지 않았다.

하지만 태영은 이미 스승의 그런 니면을 읽고 있었다.

'이번에도 반땅을 하자고 하겠군.'

태영의 수입 중에 반은 무조건 스승인 대오가 가로채가고 있었는데 태영은 스승이 그 돈으로 고아원을 운영하고 있다는 사실을 알기에 부담없이 드릴 수가 있었다.

"알겠습니다. 오늘 바로 출발하겠습니다. 스승님."

"그렇게 해라, 그리고 그 돈은 알지?"

"걱정 마십시오. 스승님 알아서 처리를 하겠습니다."

"험, 그래."

대오는 그렇게 전화를 끊었고 태영의 입가에는 희미한 미소가 그려지고 있었다.

제자의 돈을 달라고 하는 스승이나 돈을 주면서도 미소를 짓는 제자나 조금 이상하기는 하지만 말이다.

태영은 그렇게 수련을 위해 움직였다.

한편, 국정원에 소개를 받은 비룡문의 한재훈은 지금 정 과장을 만나고 있었다.

"한재훈 씨, 이미 이야기는 다 들었으니 어떻게 하시겠습니까?"

국정원에서는 한재훈을 소개받고 나름대로 조금 실력에 대한 테스트를 진행하였다.

그리고 그 결과 아주 만족스러운 결과가 나와 국정원은 새로운 선택을 결정했다.

이제는 강태영이 아닌 한재훈을 본격적으로 영입하려는 것이다.

한재훈도 지금은 일류에 도달해 있어서 전과는 다르게 엄청난 실력을 가지게 되었기에 이런 대접을 받을 수가 있었다.

그리고 지금 자신이 아니면 다시 문파를 부흥시킬 수 있는 사람이 없다는 것이 문제였기에 국정원의 의견을 따르게 되었다.

"알겠습니다. 그렇게 하지요."

국정원의 정 과장은 재훈의 결정에 기분 좋은 미소를 지었다.

"하하하, 잘 결정하신 겁니다. 아마도 절대 후회는 없을 겁니다.”

재훈의 영입으로 인해 국정원의 힘은 전보다 더 강해지게 된다고 생각에 정 과장은 아주 즐거웠다.

비룡문의 절기들에 대해서 잘 알지 못하기 때문에 그런 것이기도 하지만 말이다.

비룡문의 절기는 오랜 시간을 들여 수련해야 그 힘을 발휘하는 것이다.

그것을 태영이 조금 손을 본 결과, 지금은 전보다 시간이 절약된 편이다.

하지만 그렇다곤 해도 거기에는 한계가 있어 시간이 걸리는 것은 분명한 사실이었다.

다만 국정원의 정 과장이 그런 사실을 아직 모르고 있었기에 내린 결정이기도 했다.

국정원의 일에 대해서는 신경도 쓰지 않는 태영은 차를 몰아 스승이 있는 거처에 다다랐다.

“스승님, 저 왔습니다.”

“그래, 들어오너라.”

태영이 스승이 있는 암자로 들어가자 스승인 대오를 보았는데 전과는 달리 몸이 많이 약해져 있는 것 같았다.

“스승님, 몸이 많이 약해지신 것 같습니다.”

“나도 나이를 먹으니 그런 것 같구나. 그래도 아직은 괜찮으니 걱정 말거라.”

대오 스님도 이제는 나이가 있어 그런지 전과는 다르다는 것을 느끼고 있었다.

내기를 가지고 있어도 나이를 먹은 몸이 버티는 것에는 한계가 있었기 때문이다.

물론 건강이야 다른 일반인에 비해 상당히 건강하지만 이제는 나이를 먹어 그런지 내기를 모이는 것이 아니라 서서히 사라지고 있었다.

이는 육체가 쇠하여 가는 것에 따라 생긴 현상으로, 막을 수가 없었다.

“스승님 몸도 생각하셔야 합니다. 제가 서울에 가면 보약이라도 지어서 보낼게요.”

“아직 보약은 먹지 않아도 건강하니 걱정하지 않아도 된다. 그런데 보냈냐?”

대오는 눈빛을 빛내며 이번 대련으로 받은 돈을 보냈냐고 묻고 있었다.

하기는 그 정도의 금액이라면 보약을 충분히 해먹고도 남을 돈이기는 하지만 자신의 스승은 절대 그런 곳에 돈을 쓰지 않는다는 것을 알기에 마음이 그리 좋지는 않았다.

태영에게는 대오 스님이 아버지와 같은 존재였기 때문이

었다.

"예, 보냈습니다. 그리고 앞으로도 제가 버는 돈의 절반은 무조건 보내드릴 테니 걱정하지 마세요. 스승님."

"허허허, 그래."

대오는 아주 만족한 얼굴을 하며 입가에 자애로운 미소를 짓고 있었다.

태영은 스승이 저런 미소를 지을 때는 아주 만족했기 때문이라는 것을 알고 있었다.

아마도 스승님은 남에게 도움을 주는 일에 만족하면서 사시는 분이라 그런 것이라 생각하는 태영이었다.

태영은 스승이 있는 곳에 도착하니 전과는 다르게 마음이 포근한 느낌이 들었다.

'여기서 매일 수련하고 있었는데 벌써 시간이 이렇게 흘렀다는 것이 신기하네.'

태영은 자신이 수련하던 장소로 발을 옮겼다.

그곳에 도착하자 과거의 기억들이 떠올라 입가에 미소가 그려지고 있었다.

처음에는 이 장소에서 정말 죽을 각오로 수련했던 시절이었다.

그러던 자신이 어느샌가 이렇게 강해져 있다는 사실에 태영은 스스로 놀랄 수밖에 없었다.

걷는 것조차 힘들던 자신이 이제는 너무나도 편하게 숨을 쉬며 뛸 수 있고, 그보다 더한 일도 해낼 수 있게 되었다.

이 모든 일이 기적인데, 그 기적을 더욱 흥하게 만들어준 공간이 바로 이곳 아니던가.

전에는 몰랐는데 이곳에 오니 그런 생각이 드는 것도 신기하기만 했다.

"후후후, 여기에 오니 내 실력에 대한 부족함을 느끼게 되는 것을 보니 나도 아직 수련이 많이 부족한 모양이네."

태영은 밖에 나와 그동안 익히고 있었던 무예들을 몸으로 풀기 시작하였다.

태영은 그렇게 하면서 처음과는 다르게 그동안 자신이 익히고 있었던 것들에 대한 고찰할 수 있었고 그동안 자신이 생각지도 못했던 부분들을 확인할 수 있었다.

조금도 이상이 없었던 전과는 다르게 오늘은 그런 부분들의 동작들도 이상하게 확실하게 감지되기 시작하였고, 그동안 자신이 알고 있었던 부분들이 잘못되었다는 사실을 깨닫고 있었다.

태영은 모르지만 지금 자신도 모르게 무예에 대한 한 단계 진보를 이루고 있는 중이었다.

본인도 모르게 갑자기 찾아온 것이기는 하지만 다행히도 태영은 수련하는 장소라 그런지 주변에 방해할 사람도 없었

기에 어렵지 않게 자신의 무예를 집중하고 발전시키고 있는
중이었다.

그런 태영을 지켜보는 눈이 있었다면 바로 대오 스님이었
다.

"허허허, 저놈이 다시 한 단계 발전을 하는구나. 이제는 제
자의 실력이 나를 앞지르고 있어. 허허, 강은 흐르게 마련인
가."

대오 스님은 태영이 하는 행동을 보고는 지금 태영이 엄청
난 기연을 만나고 있다는 것을 알기에 접근하지 않고 보고만
있었다.

이곳은 자신이 아니고는 아무도 오지 않는 곳이기도 해서
다른 사람들은 없다는 것이 그나마 다행이기도 했고 말이
다.

선무도를 익히고 있었지만 대오에게는 일반적인 선무도와
는 또 다른 것이 있다.

비기라 언급해 온, 선무도의 또 다른 모습.

그동안 대오 스님 자신이 꾸준히 태영에게 알려주었던 것
들이었다.

그러나 겉으로 드러난 한 가지일 뿐, 실제로는 그 연원이
더 복잡했다.

이는 대오가 그동안 무예인을 만나면서 절기를 전수하지

못하고 그 명을 다하는 무인들에게 전해 받은 것들이었다.

한국의 무인들은 이상하게도 일인전승을 원하는 경우가 많았다.

그렇다 보니 그 비기를 전수하지 못하고 단절이 되는 곳들이 넘치는 건 당연했다.

그 와중에 대오는 그런 무인들과 교분을 나누고 있었기에 다행히도 그들은 대오에게 자신들의 비기를 전하면서 마음에 드는 놈이 있으면 전해주라는 부탁을 해왔던 것이다.

그리고 그들이 모두 떠난 자리에 대오만 남았고, 대오는 한국 무예의 산증인이 되었다.

그런 그가 처음으로 그들의 비기를 태영에게 전해주었던 것이다.

태영이 그동안 선무도를 배우면서도 대오 스님에게 배운 것들의 연원을 모르는 것은 굳이 언급하지 않은 탓도 있다.

하기는 다른 곳의 비기였기에 태영이 익히기가 힘들었는지도 모르지만 지금은 이미 중요한 것이 아니게 되었다.

모든 무예는 어떤 이를 만나 진화하기도, 퇴보하기도 한다.

본원의 것을 살리면서 새로운 것을 흡수하고 발전한다면 진화하지만 본원의 것만 파고들다 현실과 세류에 휩쓸리고, 변화를 따르지 못해 망하기도 한다.

그 점에서 태영에게 전해진 그 비급들은 운이 좋았다.

태영은 자신이 익히고 있었던 모든 무예를 다시 시작하는
마음으로 재분석하고 있었다.

그런 만큼 지금 태영에게는 시간이 아쉬울 수밖에 없었다.

태영이 그렇게 수련하기 위해 왔지만 자신에게는 오히려
큰 기연이 되는 시간이기도 했다.

6장

검기를 사용하는 중국의 무인

까불지마!

보름이 지났다.

태영은 스승이 있는 곳에서 나름 아주 알찬 시간을 보낼 수
가 있었다.

"휴우, 오늘은 스승님과 시간을 보내고 내일 올라가야겠
다."

이제 저들과 대련하기로 한 시간이 다가왔기에 서울로 가
려고 하였다.

그동안 보름이라는 시간을 이곳에서 보냈지만 태영에게는
보름이 아니라 오십 년보다 더 긴 시간, 그보다 더 가치있고

깊이 있는 시간을 보내 유익하기만 했다.

그만큼 이번 수련을 태영에게 많은 것을 깨닫게 해주었다.

태영이 대오가 있는 곳으로 가고 있을 때 대오는 제자인 태영의 실력이 엄청난 발전한 것에 대한 고민을 하고 있었다.

그리 길지도 않은 시간에 저리 발전할 것이라고는 상상도 하지 못했기 때문이다.

"실력이 강해진 것은 좋지만 저리되면 자만심이 생기게 되는 것이 조금 걱정되지만 알아서 잘하겠지."

대오 스님은 태영이 스스로 자만하게 될 것을 염려하고 있었다.

자신에게는 처음이자 마지막 제자였기에 더욱 신경이 쓰이지 않을 수 없다.

"스승님, 저 왔습니다."

"그래, 들어오너라."

태영은 문을 열고 안으로 들어가니 스승이 무언가 고민을 하였던 흔적을 볼 수가 있었다.

"스승님, 무슨 고민이 있으세요?"

"고민이 아니라 걱정이 되어 그런다. 너의 실력이 강해지는 것은 좋은 일이기는 하지만 그로 인해 자만심이 생길 것이

염려되는구나."

대오 스님은 진심이 느낄 수 있을 정도로 확연하게 느껴지는 얼굴을 하고 있었다.

태영은 스승이 무엇을 걱정하는지를 알았지만 바로 대답하지는 않았다.

스승의 말대로 자신이 실력이 강해져서 자만할 수도 있다는 사실을 본인도 알고 있어서였다.

그렇지만 계속해서 이대로 있을 수는 없었기에 태영도 나름 생각하고 대답을 하였다.

"스승님, 자만에 대해서는 저도 장담하지는 못하지만, 최대한 노력하겠습니다."

"자만을 가지게 되면 실력도 중요하지만 인성이 좋지 않게 변한다. 항상 이 점을 생각하고 고민하며 노력하여야 한다. 무슨 뜻인지 알겠냐?"

"예, 그렇게 하겠습니다, 스승님."

태영은 스승의 말에 좋은 교훈을 얻은 기분이 들었다.

자신도 실력이 강해지는 것을 느끼고 있었기에 조금은 무시하고 있었기 때문이다.

아무리 실력이 강해도 상대를 무시하고 있다면 질 수도 있는 것이 무인의 대련이다.

실력도 중요하지만 자만심을 버리고 최대한 자신을 수련

하는 것이 가장 좋은 방법이기는 하지만, 그렇게 하는 사람이 과연 얼마나 되겠는가 말이다.

태영도 인간이기 때문에 수련만 하다가 죽고 싶지는 않았다.

무인들은 수련한다고 해서 결혼도 하지 않는 사람들이 제법 많았다.

하지만 태영은 그렇게 살고 싶지는 않았기에 실력도 중요하지만 자신의 인생은 즐기면서 살고 싶었다.

그러기 위해 수련하는 것이지, 다른 뜻은 없었다.

"그래, 내일 올라갈 생각이냐?"

"예, 저들과 약속하였으니 내일 가는 것이 좋을 것 같습니다."

"그러면 내일 나와 함께 올라가도록 하자."

태영은 스승이 함께 가자고 하니 조금 부담이 되기는 했지만 어차피 대련하면 알게 된다는 생각이 들었기에 바로 대답했다.

"알겠습니다, 스승님."

대오 스님은 이미 이번 대련에 대해 한국 무인들에게 알려 주었기에 대련 장소로 모이는 이들이 제법 많을 것을 알고 있었다.

무인이기 때문에 검기를 볼 수 있다는 사실만 해도 그들에게는 영광이었다.

검기를 사용하는 무인들의 대련을 보는 것도 중요하지만 그로 인해 얻는 것이 더 많았기 때문에 대오가 연락하였던 것이다.

물론 혹시 모를 일에 대해 대비하기 위해서이기도 했고 말이다.

중국이나 일본의 무인들은 이상하게도 한국의 무인들이 강해지는 것을 두려워하고 있었다.

그렇다 보니 저들이 비열한 짓을 할 수도 있다 여겨 한국의 무인들을 부른 이유였다.

*   *   *

한국 무인 협회에 있는 수련장에는 많은 무인들이 모여 있었다.

이들은 한국의 무인들만 있는 것이 아니라 중국의 무인들도 상당수 있었다.

"진오님, 저가 보이는 자가 한국의 검기를 사용하는 자입니다."

중국의 무인들이 있는 곳에는 두 명의 남자를 중심으로 무인들이 몰려 있었는데 그중에 가장 연장자로 보이는 노인을 보고 하는 말이었다.

"나이가 조금 어려 보이는데?"

노인은 검기를 사용하는 무인이라는 말에 호기심을 참지 못하고 대련을 승낙하였는데 막상 와서 보니 나이가 생각과는 다르게 엄청 어려 보여서 하는 소리였다.

"제가 알기로는 어린 시절부터 내기를 쌓았다고 들었습니다."

"아니, 이런 소국에 저런 천재 무인이 태어났다는 말인가?"

노인은 놀란 얼굴을 하며 말을 한 당사자를 보았다.

"그렇습니다. 있을 수 없는 일이 생긴 것이지요."

"저자가 그리 강하다는 말이지?"

"그렇습니다. 검기를 사용한 지가 제법 되었다고 합니다."

태영이 검기를 사용하자 한국의 무인들은 미리 짐작하여 그렇게 이야기를 해놓았기 때문에 이들 또한 그렇게 알고 있었다.

검기를 사용한 지 얼마 되지 않았다고 하면 믿을 사람도 없겠지만 말이다.

중국의 무인들은 대련하기 전 사전에 자신들이 알고 있는 지식을 모두 이야기하고 있었다.

한편, 태영도 한국의 무인들과 함께 있었는데 대화는 주로 대오 스님이 하고 있었다.

"큰스님, 이렇게 대단한 제자가 있으시니 마음이 든든하시겠습니다."

"맞습니다. 한국에 검기를 사용하는 무인이 생겼으니 대단한 일이지요."

무인들 중에 일부 질투하는 무인들도 있었지만 지금은 그런 질투를 보일 자리가 아니었다.

해서 젊은 무인들은 참고 있었지만 은연중에 그 얼굴에 질투의 감정을 보이고 있었다.

이는 가문이나 문파에 속해 있는 제자들일수록 더 했다.

자신들이 하지 못하는 것을 제자들에게 바라고 있어 그 수련이 더욱 혹독하게 이루어졌기 때문이다.

물론 이들도 무인이기 때문에 그런 것이기도 하고 말이다.

"허허허."

대오 스님은 무인들의 칭찬에 조용히 웃고만 있었다.

사실 대오 스님도 이런 자리가 그리 좋지 않은 않았다.

그 이유는 이들 중에 아직도 사욕을 채우려고 하는 무인들이 남아 있기에 그런 것이다.

개인의 욕심을 버리고 무인의 순수한 마음을 가지고 있다면 얼마든지 좋은 관계를 가지고 있을 수가 있지만 그렇지 않은 무인들이 더 많았기에 대오 스님도 이런 자리를 그리 좋게 생각지 않는 것이다.

다만 이런 국가를 대표하는 일이 있을 때에는 어쩔 수 없이 참가하고 있었는데 오늘은 다른 이도 아니고 제자가 하는 대련이기 때문에 빠질 수 없어 오게 되었다.

제자의 실력을 눈으로 보고 싶기도 하였고 말이다.

태영은 시간이 되자 천천히 일어서고 있었다.

오늘의 대련은 국가를 대표하는 무인간의 대련이기에 절대로 양보할 수 있는 자리가 아니었다.

물론 그렇다고 자신의 모든 실력을 보여줄 필요는 없다고 생각하고 있었다.

태영의 실력은 지금 이들이 이야기하는 검기를 넘어 강기를 만들 수 있는 실력에 있었다.

태영이 일어서자 중국의 무인도 자리에서 일어섰다.

노인이 아닌 사십대 정도의 나이를 가진 남자였는데 그 몸을 보니 상당한 수련을 한 몸이라 단단해 보였다.

대련장의 중간에 서자 태영이 먼저 인사를 하였다.

"한국의 무인인 강태영이라고 합니다."

"나는 소지양이라고 하오."

태영은 상대에 대한 예의로 중국말로 인사하였는데 상대

는 한국말을 모르는지 중국말로 화답했다.

간단한 인사를 마치자 대련의 심판을 보기로 한 무인이 중간에 서며 주의사항을 알려주었지만 사실 검기를 사용하는 무인에게는 그런 형식이 필요하지는 않았다.

태영은 상대의 눈을 보며 그동안 상대가 검술만 수련한 사람이라는 것을 알 수가 있었다.

"내가 그동안 수련한 실력을 보여주겠소."

중국 무인은 그렇게 말을 하며 검을 뽑았다.

태영은 상대가 검을 뽑자 자신도 들고 있는 검을 뽑았다.

스르룽.

태영이 가지고 있는 검은 사문의 검이 아니라 무인 협회에 보관이 되어 있는 일반적인 검이었다.

원래 검을 가지고 있지 않았기에 따로 준비한 검이 없었기에 협회에 있는 검을 들고 나온 것이다.

물론 태영이 들고 나가는 검도 나쁜 검은 아니었다.

이는 협회에서 태영이 검을 아직 준비를 하지 못했다는 것을 알고 사전에 준비하였기 때문이다.

중국의 무인은 날카로운 눈빛으로 태영을 깊이 주시하였다.

그의 눈에는 허점만 보이면 바로 공격할 수 있도록 모든 준비하였기 때문이다.

태영은 그런 무인을 보며 승부에 상대가 너무 집착한다는 생각이 들었다.

'꼴을 보니 이들은 무슨 일이 있어도 승자가 되려고 하는 모양인데 적당하게 해서는 승산이 없을 것 같은데 무슨 좋은 방법이 없을까?'

태영이 이렇게 생각하는 이유는 이들이 검기를 사용하는 무인이었고, 검기를 사용하려면 얼마나 오랜 시간 동안 수련을 해야 하는지를 알기에 가지는 생각이었다.

만약에 오늘 이 자리에서 중국의 무인들을 모조리 박살을 내서 검기를 사용하지 못하게 되면 아마도 저들은 또 다른 행동을 할지도 모르는 일이었다.

그런 짓을 하지 못하게 하려면 적당하게 하는 것이 아니라 몸에 공포를 심어주는 것이 가장 좋은 방법이라고 판단을 내린 태영이었다.

"간다!"

파팟!

남자의 검에서는 찬란한 빛이 넘치는 검기를 만들었고 그 이를 활용하여 태영을 공격하였다.

챙챙챙!

검기와 검기가 만나니 불똥이 피었고 그 불똥은 아주 아름다운 빛을 만들고 있었다.

남자의 눈은 더욱 빛이 나기 시작하고 있었다.

아마도 태영의 실력을 보니 흥분하는 것 같아 보였다.

그만큼 태영은 남자를 긴장하게 하고 있었다.

태영도 남자의 검술 실력이 다른 이들과는 다르다는 것을 알고 있었다.

검기를 사용하기 위해 평생을 수련간 하였으니 그 실력이 어디를 가겠는가.

다만 남자는 수련을 하기는 했지만 아직 실전이 부족해 보이는 것인 한 가지 흠이라면 흠이었다.

"그대는 충분히 강한 실력자이기는 하지단 실전이 부족한 것 같소. 그 부족함의 차이를 이제부터 느껴보기 바라오."

태영이 그렇게 말하며 상대를 공격하기 시작하였는데 아까와는 비교가 되지 않을 정도로 빠른 공격이었고, 변칙적인 공격이라 상대 남자도 공격을 방어하는 데에 급급하기만 했다.

챙챙챙챙!

"후욱 후욱."

남자는 태영의 공격에 숨을 급히 몰아쉬며 다음 공격을 대비하였다.

태영은 남자가 비록 실전이 부족하기는 하지만 그래도 상당한 검술 실력을 가지고 있었고 그 마음이 아직은 악하지 않다고 판단되어 상대에게 어느 정도는 대비할 수 있는 시간을 주고 있었다.

그렇지 않았다면 아마도 이번 대련은 진즉에 끝이 났겠지만 말이다.

"다시 갑니다. 잘 막아보시오."

쉬이익!

태영의 공격은 눈에 보이지 않을 정도로 빠른 공격이었고, 그 화려함이 눈이 부실 정도로 현란한 검술로 상대를 공격하고 있었다.

이거는 마치 마술을 하는 것 같은 그런 검술로 공격하니 남자는 그런 태영의 검술에 현혹되지 않기 위해 최대한 내기를 이용하여 방어하기 시작하였다.

챙챙챙챙!

그러나 방어를 아무리 잘한다고 해도 끝이 있는 것처럼 태영의 마지막 변화를 놓친 남자는 검을 들고 멍하니 태영을 보고만 있었다.

바로 태영의 검이 남자의 목에 걸려 있었기 때문이다.

"패배를 인정하겠소?"

태영의 말은 바로 통역이 되어 상대에게 알려졌고 남자는 솔직히 자신의 실력으로는 태영의 상대가 되지 않는다는 것을 처음부터 알고 있었기에 고개를 끄덕였다.

"패배를 인정하오. 아직 나는 당신의 상대가 되지 않으니 말이오."

남자는 깨끗하게 자신의 패배를 인정하였다.

검기를 사용한다고 해서 모두 같은 급의 무인은 아니라는 것을 남자도 알고 있었기 때문이다.

그리고 태영이 마지막에 펼친 검술은 아직 자신이 하기에는 너무도 어려운 검술이었다.

태영은 남자가 패배를 인정하자 다른 무인을 보았다.

이번 무인은 나이도 있는 무인이었고 어느 정도의 수련을 하였는지 모를 정도였기에 조금은 긴장감이 돌기도 했다.

노인은 자신과 같은 무인이 패배하는 장면을 처음부터 보았지만 얼굴에는 변화가 없었다.

이는 노인이 보기에도 실전에 대한 경험이 없다는 사실을 파악하였기 때문이었다.

"허허허, 대국의 무인과는 다르게 소국에서는 실전에 대한 경험을 많이 하는 것 같구려."

노인은 자신의 차례라고 생각하는 것인지 몸을 일으켰다.

한국의 무인들도 태영이 승리하여 기쁘기는 했지만 다음에 나오는 무인을 보고는 조금 긴장하기 시작했다.

이는 노인의 몸에서 품어지는 무형의 기운이 상당하였기 때문이었다.

무형의 기운이라는 것은 그만큼 수련을 하든지 아니면 실전에 의해 생기는 것이고, 그만한 실력이 없으면 애초에 생기지를 않았기 때문이다.

태영도 노인이 나오는 것을 보며 조금은 긴장이 되었다.

그만큼 노인의 기세가 엄청났기 때문이다.

"나는 진오라고 하네. 그대의 실력을 보니 나와 충분히 대련할 자격이 있다고 생각이 들었기에 나온 것이네. 오늘 이 자리가 어떤 것인지는 알지만 그대와는 그런 이해관계를 떠나 최선을 다해 대련하고 싶네."

노인은 이미 검기를 사용할 정도로 충분한 실력과 정신력을 가지고 있었다.

그런 노인이기 때문에 무인 협회가 원하는 것이 무엇인지도 알고 있었지만 그보다는 태영과 후회 없는 그런 대련을 하고 싶어서 하는 말이었다.

태영도 그런 노인의 말을 듣고는 고개를 끄덕이며 대답하였다.

"어르신도 저와 같은 생각을 하시고 계시다니 저도 저의 모든 것을 보여드리도록 하겠습니다."

노인은 이미 태영이 먼저 남자와 대련하며 본 실력을 보여

주지 않고 있다는 사실을 어느 정도 알고 있었기에 하는 말이
었다.

　이는 실력을 떠나 무인으로서의 수치라고 생각하고 있어
먼저 최선을 다하고 싶다는 말을 하였던 것이다.

　노인도 그동안 자신의 실력을 쌓으면서 자신과 대련할 무
인이 없었기에 고독감을 가지고 있었기에 이번 대련이 노인
에게는 아주 즐거웠다.

　두 사람은 서로에게 정중하게 인사를 하고는 바로 검을 들
었다.

　노인도 태영의 실력을 어느 정도는 짐작하고 있는지 천천
히 태영의 주변을 돌기 시작했다.

　남들이 보기에는 아무런 변화가 없는 것으로 보이지만 지
금 두 사람은 목숨을 건 대련을 하려고 하는 중이었다.

　대오 스님은 그런 제자를 보며 마음속으로 승리를 기원하
고 있었다.

　'이번 대련이 너에게는 어떤 결과를 가지고 올지는 몰라도
이왕이면 승리하였으면 하는구나. 이번 대련에서 배운 것들
로 지금보다는 더욱 좋은 실력을 가지게 될 수 있을 테니 말
이다.'

　대오 스님은 마음속으로 제자를 응원하고 있었다.

　양측 무인들은 모두가 서로가 이기기를 기원하고 있었지

만 지금 두 사람은 그런 것에는 구애 받지 않고 있는지 상대를 눈빛이 처음과는 달라 보였다.

노인의 눈빛이 갑자기 날카롭게 변하면서 공격을 하였다.

태영의 자신의 상체를 공격하는 노인의 검을 가볍게 비껴쳤다.

챙!

새파란 불똥이 뛰는 것이 검기를 사용하고 있어서겠지만 지금은 불똥은 아까와는 다르게 상당한 파동을 보여주고 있었다.

대오 스님은 다급하게 무인들을 보며 소리를 쳤다.

"모두 뒤로 물러서라!"

대오 스님의 큰 소리에 한국의 무인들은 빠르게 뒤로 물러났고 중국의 무인들도 뒤로 물러나고 있었다.

챙챙챙챙!

태영과 노인은 지금 아주 치열하게 검술을 나누고 있었지만 아직까지 승부를 점칠 수는 없어 보였다.

태영은 노인의 실력을 보며 속으로 많은 생각을 하게 되었다.

'내가 비록 내기는 강하다고 하지만 검술은 아직 저분보다는 미흡한 것 같다. 결국 시간이 지나면 나의 패배로 이어질

수도 있으니 이제부터는 힘으로 상대하는 것이 좋겠다.'

태영은 내심 그렇게 판단을 하고는 노인을 보며 조용한 목소리로 말을 하였다.

"이제부터는 조금 다르게 공격할 겁니다. 조심하시기 바랍니다."

"허허허, 자네의 말이 점점 나를 흥미롭게 만들고 있다네. 걱정 말고 시작하게."

태영은 노인의 말에 검에 더욱 강하게 내기를 불어 넣었다.

지이이잉!

검에는 태영의 내기로 인해 점점 검기가 뚜렷하게 변하기 시작했다.

점점 선명해지는 검기는 영롱한 빛을 내기 시작하며 강력한 빛을 뿜기 시작했다.

"헉! 검강이다!"

한 무인이 태영의 검에 맺히는 빛을 보며 자신도 모르게 검강이라는 말을 하자 모두가 놀란 눈빛을 하며 태영을 보게 되었다.

노인도 태영의 검을 보며 놀랐는지 눈빛이 살짝 흔들렸다.

"대단하군. 내가 아주 어린 시절에 잠깐 보았던 것을 다시 볼 줄은… 검강을 보게 될 줄은 정말 상상도 하지 못했네."

노인은 자신도 모르게 검강을 보며 감탄하게 되었다.

"자, 이제 시작합니다. 조심하세요."

쉬이익!

챙챙챙

태영의 강력한 공격에 노인이 비록 방어하기는 하지만 점점 밀리기 시작하는 것은 어쩔 수 없었다.

노인은 최대한 태영의 검강을 비껴치며 방어하고 있었지만 검강의 힘을 무시할 수는 없는지 밀리기 시작했다.

태영은 이번 대련으로 인해 사문의 검술에 대해 많은 것을 느끼고 있었다.

그동안은 검술을 수련만 하였지만 이번 대련으로 인해 검술의 새로운 세계를 보고 있는 중이었다.

확실히 몸으로 생각만 하는 것과 몸으로 익히는 것은 차이가 있다는 사실을 태영도 이번에 확실히 느끼기 시작하였다.

'그렇구나. 나는 그동안 껍질만 가지고 있었기에 검술에 대한 발전이 없었던 것이구나.'

태영은 공격을 이어가면서 점점 검술에 대해 알게 되었고 그렇게 되자 태영의 검술이 조금씩 변화를 가지기 시작했다.

노인은 그런 태영의 검술을 보며 속으로 감탄하지 않을 수가 없었다.

'허어, 대련하면서 깨달음을 느끼고 있다는 말인가? 어떻게 저런 인재가 이런 소국에서 태어날 수가 있는 거지?'

노인은 태영을 보며 정말 안타까운 느낌이 들었다.

검술에 대한 이해도 부족하지 않았지만 시간이 지나면서 더욱 강해지고 있는 것을 보며 아깝다는 생각이 들었기 때문이다.

챙챙챙! 서걱!

노인이 비록 검강을 비껴치기는 하지만 태영의 검술 실력이 변화하면서는 그렇게 쉽지 않았기에 결국 노인의 검은 검강에 의해 잘려져 나가고 말았다.

검강에 검기가 아무런 힘을 쓰지 못하고 그대로 잘리고 만 것이다.

태영은 자신이 노인의 검을 잘라 버리자 놀라는 눈빛을 하며 서서히 멈추기 시작했다.

"이 정도면 충분하지 않겠습니까?"

"허허허, 그렇지. 나의 패배를 인정하겠네."

노인은 검이 잘리자 바로 패배를 인정하고 말았다.

솔직히 시간이 있다고 해서 자신이 이길 수가 있다는 생각이 들지 않아서였다.

그만큼 태영의 검술도 부족하지 않았기 때문이다.

중국의 무인들은 노인이 패배를 인정하자 모두 어두운 얼굴이 되고 말았다.

"저럴 수가……. 노야가 패배를 하다니.……."

무인들은 노인에 대해 알고 있는지 그런 노인의 패배가 믿어지지가 않는다는 표정을 하고 있었다.

하지만 한국의 무인들은 저들과는 다르게 얼굴이 환해져 있었다.

"이겼다. 세상에 검강을 사용하는 무인을 눈으로 보게 될지는 상상도 못했네."

한국 무인들은 검강에 대해 감탄과 존경스러운 눈빛을 하며 태영을 보게 되었다.

젊은 무인들도 질투의 눈빛이 아닌 존경의 눈빛을 보내고 있는 것을 보니 이들도 이제는 태영과 자신들의 차이점을 인정하고 있다는 이야기였다.

7장

하나를 해결하니 하나가 문제네

까불지마!

　중국 무인들과의 문제를 해결하고 나니 그 소문이 일본에도 알려졌다.

　일본의 무인들은 태영이 검강을 사용하였다는 말을 믿지를 않았다.

　2차 대전 이후 검강을 사용하는 무인은 사실상 소멸했다 봐도 과언이 아니었다.

　그런데 검강이라니…….

　일본 내 검사 중 검강을 쓰는 무인은 이미 존재하지 않은지 오래였기에 더더욱 믿지 못하는 분위기였다.

"아니, 도대체 그런 엄청난 존재가 어떻게 만들어질 수가 있다는 말인가? 검강이라니, 이게 도대체 말이 되는 이야기인가?"

"놈이 검강을 사용한 것은 확실하다고 합니다. 검기의 무인이 들고 있는 검이 잘렸다고 하는 것을 보니 말입니다."

"정말 확실하다는 말인가?"

"그렇습니다."

일본의 무인들은 검강이라는 말에 지금 난리가 난 상태였다.

일부의 무인들은 한국에 가서 확인해야 한다고 하였고 검강을 사용하는 무인에게 가서 배움을 얻어야 한다는 소리가 나올 정도였으니 말이다.

검강을 사용하는 무인은 지금 한국의 태영밖에는 없었기 때문에 나오는 소리였다.

이런 시끄러운 상황이다 보니 무인들의 모임인 협회에서도 절실한 논의가 필요한 지경에 이르렀다.

해서 오늘 이 자리에 많은 무인들이 모여 있었다.

"우리 동부의 무인들은 절대 인정할 수가 없습니다. 한국에 검강을 사용하는 무인이 나온다는 것이 말이 된다고 생각합니까?"

동부의 대표인 야마다시는 절대 인정할 수가 없다는 표정을 짓고 있었다.

"무조건 그렇게 말할 것이 아니라 이미 정보가 사실이라는 것은 확인되었으니 이에 대한 대처를 생각해야 하지 않겠소?"

"총회장님의 말씀이 옳다고 생각합니다. 이미 검강을 사용하는 무인이 확인이 되었으니 그에 대한 대처할 방법을 생각해야 합니다. 중국에서는 이번 대련으로 인해 패배를 인정하고는 무인들 중 고른 인물들을 한국으로 보내 배움을 청한다는 소식이 있습니다. 그러니 우리도 그에 대한 이야기를 해야 한다고 봅니다."

중국의 무인들은 검강을 사용하는 태영을 목격하곤 바로 본국에 보고하였고 그에 대한 발빠른 대처로 이어졌다.

중국 내에서 가장 근골이 좋고 무예실력이 뛰어난 인재들을 한국으로 보내 배움을 얻게 하라는 지시를 내렸던 것.

이에 대한 자금은 모두 중국에서 지원하겠다고 하면서 말이다.

그러니 일본의 무인들이 이렇게 난리가 날 수밖에 없었다.

동부의 야마다시를 빼고는 말이다.

동부의 무인들은 자신들을 빼고는 인정하지 않는 그런 배타적인 사상을 가지고 있어서 그런 것이지만 서부의 무인들은 이들과는 조금 다르게 생각을 하고 있었다.

총회장인 미야자키는 심각한 얼굴을 하며 무인들을 보았다.

양측의 무인들이 모두 대립하고 있지만 이들이 있기에 지금의 무인들이 힘을 쓰고 있다는 것도 사실이었다.

"검강을 사용하는 무인이 탄생하였다는 것은 우리 일본 무인들에게도 심각한 일이오. 그렇지만 한국에 배움을 얻는다고 해서 우리가 검강을 사용하게 될 것이라고는 생각하지 않습니다. 해서 나는 일본을 대표하는 양측의 무인들 중 두 명만 보내 배움을 얻게 하는 편이 좋다고 생각하는데 어뗘시오?"

동부와 서부의 무인들 중에 한 명씩 뽑아 한국으로 보내자는 이야기였다.

총회장의 의견에 야마다시는 바로 화를 냈다.

"아니. 우리 동부는 절대 무인을 보내지 않을 겁니다. 이는 일본 무인들의 치욕이기 때문에 동부를 따를 수가 없습니다."

야마다시는 절대 따를 수 없다는 표정을 지으며 거절하였다.

"우리 서부는 동부의 무인들이 가지 않겠다고 하니 나머지 한 명도 서부의 무인들 중에 뽑아 보내도록 하겠습니다."

서부와 동부는 이렇게 의견이 갈라지고 있었다.

이렇게 되니 총회장인 미야자키만 곤란해지기 시작했다.

"서로 좋게 타협을 보는 것이 어떻소?"

"동부는 절대 수락할 수 없습니다. 서부의 무인들로 한국에 보내십시오."

야마다시는 한국에 좋지 않은 일이 있기에 이대로 무인을 보낼 수는 없다는 결심을 하고 있었다.

그리고 검강을 사용하는 태영에 대해서도 그리 좋은 감정을 가지고 있지 않기에 하는 소리였다.

암살하라고 지시한 일도 있지만 아직 놈이 죽지 않았기에 아마도 살행에 실패했을 것으로 판단하고 있는 그다.

거기까지 이르자 동부의 무인들에게 피해가 갈 수도 있다는 판단이 섰다.

그러니 동부의 무인들을 보내지 않으려고 하는 야마다시였다.

무인으로서 암살자를 보냈다는 사실이 알려지는 것을 두려워하고 있었기 때문이다.

일본의 무인들은 결국 한국으로 서부의 무인들을 보내는 것으로 결정을 내렸다.

이는 야마다시가 강력하게 반대하는 바람에 어쩔 수 없는 결정이었다.

하지만 이로 인해 야마다시는 자신이 더욱 힘들게 될 것이라는 생각을 하지 못하고 있었다.

동부의 무인들은 자신들은 빠지고 서부의 무인들만 검강을 사용하는 태영에게 배움을 얻게 되었다는 사실을 알게 되자 강력하게 야마다시를 질타하기 시작하였기 때문이다.

무인들이라고 전부 야마다시와 같이 행동하는 인물들만 있는 것이 아니었기 때문이다.

일본에도 무인다운 이들이 다수 존재하기 때문에 이들은 그런 야마다시를 강하게 비난했다.

그로 인해 많은 무인들이 호응하고 있었기에 야마다시는 그 위치에 위기를 맞이하고 있었다.

일본의 사정은 알 수 없을 그 무렵, 태영은 중국의 협상자를 만나고 있는 중이었다.

그 협상자는 바로 지난 대련에 자신과 대련을 하였던 검기를 사용하는 노인이었다.

중국 무인들에게서 그저 노야로 불리는 사내로, 한국의 대오 스님처럼 한 나라를 대표하는 무인이 아닌, 은거하고 있던 진오라는 기인이었다.

"지금 현대에서 검기를 사용하는 것도 힘들다는 사실을 알고 있을 것이네. 그런 현대에 검강을 사용하는 무인이 탄생하였다는 것은 엄청난 일이기도 하네. 그래서 우리 중국에서는 자네에게 배움을 얻고 싶네."

"저에게 배움을 얻는다고 해서 검강을 사용할 수 있는 것은 아니지 않습니까?"

태영은 대련을 마치고 아주 곤란한 일만 생기는 것에 솔직히 귀찮을 정도였다.

그리고 배움을 얻고 싶다는 말을 들으니 자신이 무엇을 아는 것이 있어야 이들에게 가르침을 줄 것이기 때문이었다.

"검강을 사용하는 무인은 마땅히 존중을 받아야 한다고 생각하네. 이는 나도 마찬가지고 말일세. 그런 자네에게 배움을 얻는 것은 우리에게는 아주 큰 은혜라고 할 수가 있네. 자네가 원하는 것이 있으면 말만 하게. 배움에 대한 값은 충분히 하겠네."

노인은 아주 진지하게 부탁하고 있었다.

노인도 중국의 협회장의 부탁으로 이렇게 남아 태영에게 부탁하고 있었다.

그리고 솔직히 자신도 남고 싶었기 때문이기도 하고 말이다.

노인은 평생 무예를 익히고 살았기에 다른 것은 눈에 들어오지 않았다.

태영도 노인과 대화를 하면서 느낀 것이 노인에게는 무예

빼고는 남는 것을 없을 정도로 여기에 목숨을 걸고 있다는 사실을 느꼈기에 이렇게 대화를 나누는 것이기도 했다.

태영은 노인이 원하는 것이 바로 무예의 전수라는 것을 알았지만 스승님의 허락을 받아야 하는 문제가 남아 있기에 바로 답변할 수가 없었다.

"저에게 무예의 가르침을 받고 싶으면 우선 저의 스승님에게 허락을 받아야 합니다. 저도 스승님에게 배움을 받은 것이기 때문입니다."

"아니, 나는 자네가 배운 비기를 알려달라는 것이 아니네. 우리가 원하는 것은 순수한 자네의 가르침이지, 자네 문파의 비기를 알고자 하는 것이 아니라네."

이들이 원하는 것은 순수하게 검강을 사용하는 태영에게 검술에 대한 배움을 얻고자 하고 있었다.

중국의 무인들도 자존심이 강하기 때문에 타 문파의 비기를 배우려고 하지는 않았다.

하지만 검강을 사용할 정도라면 그 검술도 대단하기 때문에 그에 따른 배움을 알고자 하는 것이다.

태영도 노인의 말을 듣고는 이들이 원하는 것을 정확하게 알게 되었고, 이를 거절하기가 쉽지 않아 곤란한 표정을 짓고 있었다.

이때 문을 열고 들어오는 이가 있었고, 태영은 아주 반가운 얼굴을 하며 반겼다.

"스승님, 어서 오십시오."

대오 스님이었다.

태영은 지금 상황에 반가운 얼굴을 봐 화색으로 맞이하였
다.

그런 대오 스님을 노야 또한 보았고, 마치 소림의 중처럼
머리가 반질거리는 것을 보고는 고개를 갸웃거렸다.

"자네의 스승님이 스님이셨나?"

"하하하, 맞습니다. 저의 스승님은 스님이지요."

태영은 노인이 이상하게 생각하는 것에 대해 자세하게 이
야기를 해주었다.

대오 스님도 중국말을 알고 있었지만 아무런 말을 하지 않
고 있는 것은 태영이 자세하게 설명하는 중이라 구태여 끼어
들지 않은 것이다.

태영의 말이 끝나자 대오 스님은 노인을 보고 정중하게 인
사를 했다.

"한국의 대오라고 합니다."

노인은 대오 스님이 중국말로 인사하는 것에 놀란 얼굴로
자신도 황급하게 화답했다.

"이거 실례를 하였군요. 중국의 무인인 진오라고 합니다.
이렇게 훌륭한 제자분을 두신 것에 대해 경의를 표합니다."

진오는 진심으로 대오에게 인사를 하고 있었다.

대오 스님도 자신과 비슷한 연배인 진오의 인사를 받으니 마음이 흐뭇해지고 있었다.

제자 덕분에 요즘은 아주 살맛이 나서였다.

어디를 가도 자신을 찬양하고 있으니 기분이 좋지 않을 수가 없었으니 말이다.

"허허허, 그렇게 이야기하시니 이거 몸 둘 바를 모르겠습니다."

"아닙니다. 현시대에 검강을 사용한다는 것만 해도 이는 대단한 일이지 않습니까. 저는 그런 제자분에게 배움을 받고자 합니다. 부디 허락을 해주시기 바랍니다. 저와 무인들이 배움을 얻는 것에 대한 값은 크게 하겠습니다."

진오의 말에 대오는 눈을 빛내기 시작했다.

돈을 주겠다는 소리만 들으면 대오의 눈빛은 그 어느 때보다 빛난다.

태영은 스승의 눈빛을 보고는 절대 빠져나가지 못한다는 것을 느끼고 있었다.

'에효, 스승님이 돈 이야기가 나왔으니 절대 거절하지 않을 테고 결국 나만 죽어라 고생하게 생겼구나.'

태영이 이렇게 내심 억울하게 생각하고 있는 것을 모르는 대오는 바로 묻고 있었다.

"허허허, 그렇게 이야기하시니 제가 거절하진 못하겠습니다. 제가 요즘 따로 하는 일이 있어 안 그래도 자금이 많이 부족하였는데 마침 잘되었습니다. 그래 얼마나 생각하고 계십니까?"

대오의 대답에 진오는 황당한 얼굴이 되고 말았다.

대놓고 돈을 얼마 줄 것인지를 말하라는 소리였기 때문이다.

태영은 그런 스승 때문에 얼굴이 붉어졌지만 그렇다고 포기할 스승이 아니었기에 고개만 숙이고 있었다.

솔직하게 돈 문제 때문에 저러는 것이 부끄러워서였다.

진오가 조금 정신을 차리고는 대오를 보았는데 그 눈빛에 탐욕이 없다는 것을 알게 되자 입가에 부드러운 미소를 짓게 되었다.

"얼마를 드리면 되겠습니까? 저렇게 대단한 제자분에게 배움을 받는 것인데 돈을 따질 수가 없는 문제이지요."

대오는 진오의 대답에 상대가 어느 정도는 자신의 말뜻을 파악하고 있다고 생각이 들었다.

"저는 많으면 많을수록 좋습니다. 들어갈 곳이 많다 보니 말입니다."

눈빛이 탐욕이 없는 것을 보면 다른 곳어 돈을 사용하려고 하는 것이 아니라는 것 정도는 파악을 하였지만 많은 자금을

줄 수는 없었기에 진오도 잠시 생각하다가 입을 열려고 하였
는데 태영이 먼저 이야기했다.

"저희 스승님은 오랜 시간 동안 고아원을 운영하고 계십니
다. 그리고 노인들이 계시는 양로원도 더불어 운영하시기 때
문에 자금이 많이 필요하십니다."

태영이 먼저 돈이 필요한 이유에 대해 설명하자 진오는 가
만히 고개를 끄덕이기만 했다.

이런 기회가 자주 오는 것도 아니기에 그만한 대가를 받는
것은 당연하기 때문이다.

"그렇다면 제가 협회에 주선해서 자금을 마련해 보도록 하
겠네. 그런데 얼마나 가르침을 주실 수 있겠나."

"한 열 명 정도가 적당하지 않을까 합니다."

태영의 가르침은 일대일이기 때문에 많으면 이도 저도 아
닌 상태라는 생각이 들어 적당한 수가 열 명 정도라고 생각이
들어 하는 소리였다.

사실은 더 많은 무인도 할 수 있었지만 그렇게 했다가는 자
신의 시간이 없을 게 뻔했다.

"그러면 본국에 연락하여 열 명만 배움을 받도록 하기로
하고 그에 대한 대가를 준비하라 하겠네. 얼마나 줄지는 솔직
히 나도 잘 모르지만 좋은 일에 사용을 하는 자금이기 때문에
많은 자금을 받을 수가 있을 것이라 생각하고 있네."

진오는 자신의 영향력이면 충분히 자금을 받을 수가 있다
고 생각하며 뱉은 소리였다.

중국의 무인들은 솔직히 자금에 대해서는 그리 걱정을 하
지 않았다.

그 이유가 바로 중국의 무인들은 자신들의 먹고자는 생활
만 보장된다면 크게 돈을 쓰지 않는 습성 덕분이었다.

그러니 큰돈이 들지 않았고, 그 돈은 지금도 저금이 되어
물림을 받고 있었다.

얼마나 많은 자금이 있는지는 진오도 모르지만 대오가 원
하는 돈은 줄 수가 있다고 판단하고 있었다.

"알겠습니다. 그러면 언제부터 시작해야 하는지요?"

"가능하면 빠른 시간 안에 했으면 하네. 어차피 시간을 끌
어야 좋을 것이 없지 않나."

"그렇게 하시지요. 그런데 장소는 어떻게 하시려고요?"

"장소는 걱정 말게. 한국에도 우리가 수련할 수 있는 곳은
있으니 말일세."

한국에도 화교들이 많았고 이들 증에서도 무인으로 수련
중인 자들이 많았기에 하는 소리였다.

전 세계에 화교인이 가장 많을 정도로 그들은 세계 곳곳에
퍼져 있었다.

그리고 중요한 것은 그들은 나름 재력을 가지고 있었기 때

문에 서로간의 도움을 주고 있었다.

태영은 진오의 이야기를 들으며 화교의 힘을 무시하지 못한다는 것은 느끼고 있었다.

이들이 강해서 그런 것이 아니라 그만큼 많은 재산을 가지고 있었기에 가지는 자신감으로 보여서였다.

현대는 강한 힘도 중요하지만 재력을 무시할 수가 없다는 것은 태영도 알고 있었기 때문이다.

이렇게 태영은 자신의 생각과는 다르게 갑자기 무인들을 가르치게 되었지만 그런 태영과는 다르게 대오 스님의 얼굴은 싱글벙글하고 있었다.

"허허허, 제자 덕분에 아주 편하게 돈을 버는구나. 앞으로도 이런 일이 자주 있었으면 좋겠는데 말이야."

대오 스님은 이번 일로 제법 많은 자금을 벌었지만 아직도 부족하다고 생각하고 있었지만 말이다.

*　　　*　　　*

이후 집으로 돌아온 태영은 다시금 홀로 고민에 잠겼다.

'저들에게 어떤 것을 알려주어야 할까? 무인으로 배움을 얻고자 하는데 나도 최선을 다해야 하지 않을까?

태영은 아직 누구를 가르친 적이 없었기에 조금은 혼란한 상황이었다.

그렇다고 이미 약속한 것을 물릴 수는 없는 노릇이다.

우선은 저들이 알고 있는 무예를 보고 난 뒤 결정하기로 하였다.

"키트야, 중국의 무인들이 익히고 있는 무예에 대해서 알 수 있는 방법이 있니?"

"저들이 보관하고 있는 것을 해킹하면 됩니다. 필요하세요?"

"그래, 준비하려면 나도 어느 정도는 알고 있어야 저들에게 제대로 된 가르침을 줄 수가 있잖아."

"알겠습니다. 바로 준비하도록 하겠습니다."

문명이 발전함에 따라, 중국의 무인들도 비급을 보관하는 방식에 변화가 찾아오고 있었다.

2000년대 후반부터 그들은 자신들의 비급을 협회 차원에서 관리하며 디지털화 작업에 착수해 왔다.

그 사실을 태영은 키트를 통하여 알게 된 바 있는데, 바로 이에 접근하려는 것이다.

물론 가장 중요한 비기는 따로 서척 그대로 보관하고 있지만, 태영이 지금 원하는 것은 실질적인 그들의 무예가 아니라 그들이 가진 무예의 개념이었다.

그렇다 보니 큰 문제가 될 부분도 없었고, 현대의 무예란 어느 정도 선에서는 누구나 접근하기 용이한 많은 정보들이 존재했다.

태영은 편하게 생각하기로 하였는지 걱정스러운 얼굴이 아니었다.

어느 정도의 시간이 지나자 키트는 자신이 알아온 내용들을 모두 프린트하기 시작했다.

드드드드.

"마스터, 지금 프린트를 하고 있으니 보시기만 하면 됩니다."

"그래, 고마워."

태영은 키트의 도움으로 중국의 무인들이 익히고 있는 무예를 볼 수가 있었다.

중국의 무인들은 크게 두 갈래였는데 하나는 전통적인 문파를 계승하는 무인과 하나는 정부에 속해 있는 무인으로 나누어져 있었다.

키트가 해킹을 하는 것은 바로 정부의 무인들이 익히는 것들이었다.

그리고 그 안에는 내기를 쌓는 방법도 나와 있었다.

하지만 내기법에 대한 설명을 보고는 태영은 그만 눈살을 찌푸리고 말았다.

"아니, 이게 도대체 무슨 잡소리야? 비유를 해도 이따위로 하고 있으니 밑에 있는 사람들이 어떻게 익히라는 거야?"

태영은 그렇게 중얼거리며 내기법을 뺀 다른 무예들을 보았다.

그런데 그 안에는 제법 고급의 무예도 있었기에 태영의 눈빛이 달라지고 있었다.

"흠, 이 정도로 고급스러운 무예가 정부의 무인들이 익히는 것이라면 문파에 내려오는 비기도 상당하다는 이야기겠네?"

태영은 중국의 무예를 보며 조금씩 이해를 거듭했다.

태영이 이렇게 중국의 무인들에게 가르침을 주기 위해 며칠에 걸쳐 고생하고 있을 무렵, 한국의 무인 협회에는 일본 무인 협회에서 온 전화를 받고 있었다.

"그러니까, 강태영 씨에게 무예를 배우고 싶다는 이야기입니까?"

"그렇습니다. 검강을 사용하시는 분이시니 그런 분에게 배움을 받고 싶어 이렇게 연락을 드리는 겁니다."

"일본에서 오시려고 하는 분은 몇 분이십니까?"

"저희는 두 명의 무인만 보내려고 합니다."

일본의 무인은 두 명만 보낸다고 하니 크게 문제가 없을 것 같았지만 우선은 당사자에게 연락을 해야 했다.

"알겠습니다. 연락처를 주시면 저희가 연락을 하고 나서

통보를 하도록 하겠습니다."

"그렇게 해주십시오."

그렇게 일본의 무인들이 온다는 소식은 바로 태영에게 전해졌고, 이를 태영 못지않은 속도로 알게 된 사람이 있었으니, 대오 스님이었다.

그는 태영에게 전화를 걸어 일본 무인에 대한 이야기를 확인했고, 슬며시 웃음을 흘렸다.

"아니, 스승님 왜 웃고 계세요?"

"흐흐흐, 저놈들도 모두 돈이지 않냐? 일본놈들에게는 조금 더 받아라. 돈이 많은 놈들이니 말이다."

"에휴, 그렇게 하겠습니다."

사실 태영은 일본의 무인에게 자신의 가르침을 내리는 것이 싫었다.

하지만, 대오 스님의 반응을 보니 텄다는 사실은 이미 명확한 바.

결국 태영은 일본의 무인들에게는 보다 더 많은 돈을 달라고 요구할 생각이었다.

중국의 무인들은 한 달에 천만 원을 받기로 했지만 일본의 무인들에게는 삼천만 원을 달라고 하였다.

이를 양측 모두 반갑게 수용하였다.

그들 입장에선 매우 저렴한 가격일 뿐더러, 진심으로 배우고자 하는 마음이 있는 무인들이기에 더더욱 그러했다.

사실 태영에게 배움을 얻고 싶은 이들은 진실로 무예를 동경하고 있는 무인들이었다.

하지만 그렇지 않은 이들도 있었는데, 바로 일본의 동부에 속해 있는 무인들이었다.

이들은 태영이 검강을 사용한다고 하니 이를 부정하였고, 동부로 돌아가서는 태영에게 어떻게 복수할지만 생각하고 있었다.

그들과 태영 사이에는 이미 넘을 수 없는 강이 존재하기에 더욱 그러했다.

일본 동부 무인 협회지부.

"우리 대일본의 무인도 검강을 사용하지 못하고 있는데 어떻게 한국에서 그런 무인이 나올 수가 있다는 말인가? 이는 절대로 있을 수가 없는 일이고 있어서도 안 되는 일이네. 무슨 짓을 해서라도 놈을 제거해야겠어."

"그렇습니다. 놈이 검강을 사용한다고 소문이 나기는 했지만 놈을 제거한다면 우리 일본의 무인들은 전처럼 다시 강하게 될 것입니다."

"그렇게 하려면 무슨 좋은 수가 없나?"

"러시아의 암살 방법은 실패한 것 같으니 이번에는 전통 닌자들과 현대 암살자들이 동시에 살행에 나서는 것은 어떻습니까?"

"흠, 총기와 암기를 사용하여 암살하자는 이야기인가?"

"그렇습니다. 암기와 함께하면 아마도 좋은 소식이 올 것이라고 생각이 듭니다."

"검강을 사용하는 무인이 그리 쉽게 당하겠는가?"

"이번에는 총기만 사용하는 것이 아니라 로켓탄도 사용하라고 하면 절대 벗어나지 못하게 될 겁니다. 아무리 한국이 무기 밀입국하기 어려운 곳이라 하더라도 다 방법이 있는 것 아니겠습니까. 가능할 겁니다."

이들은 태영이 있는 곳에 로켓탄을 이용하여 공격하고 그 주변을 초토화해서라도 잡겠다는 의지를 굳혔다.

태영을 암살하려 들어간 비용만 하더라도 이미 그 규모가 천문학적으론 늘어나고 있는데, 이 상황에서 마무리를 짓지 못한다면 바보라 할 수밖에 없다.

그렇기에 로켓탄 등으로 초토화한 곳에서 설사 태영이 살아남는다면 이를 재차 협공으로 몰아붙인다면 어떻게든 가능하지 않겠냐는 게 그들의 생각이다.

그렇게 하려면 상당한 전력을 동원해야 하지만 이들에게는 자금이 있기 때문에 걱정은 없었다.

　태영은 아직도 자신을 노리고 있는 놈들이 있다는 사실을
모르고 있었지만, 태영으로 인해 무인들 간에도 상당한 문제
가 생기고 있는 중이었다.

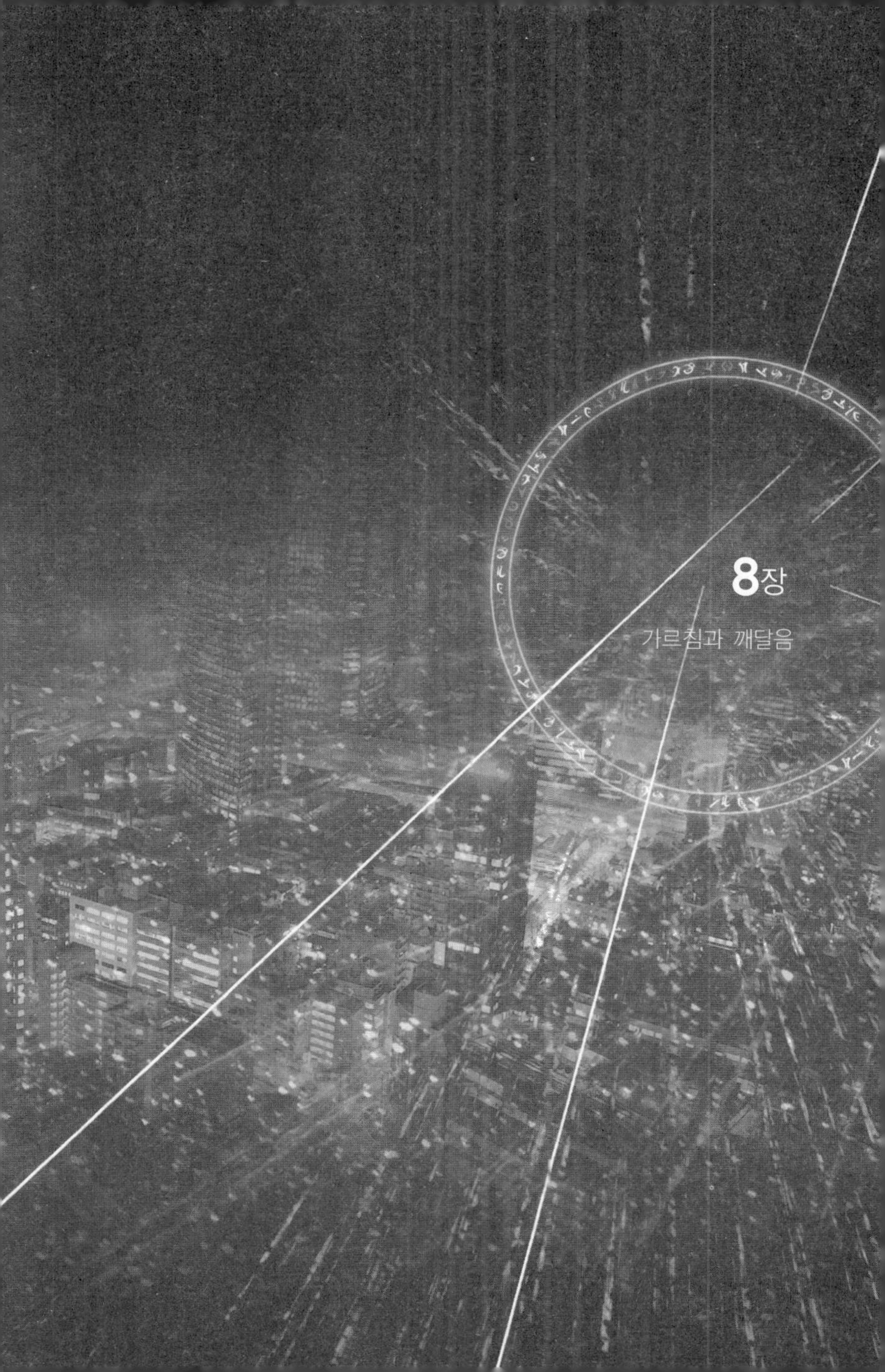

8장
가르침과 깨달음

까
불
지
마
!

  태영이 중국의 무인들과 일본의 무인에게 그들이 익히고 있는 검술에 대한 교육을 시작했다.

  하지만 이와 또 다른 면에서 중국과 일본에서는 아직 이 문제로 심각한 이야기가 오가고 있는 중이었다.

  중국의 무인들이 있는 장소에서는 지금 닳은 무인들이 모여 있었다.

  "각파에서 보낸 인재들을 검술에 대한 배움을 받고 있다고는 하지만 과연 얼마나 많은 것을 배울 수 있는지는 모르지 않습니까?"

“그렇지만 지금 당장 다른 방법이 있는 것도 아니지 않소?”

“그러지 말고 그자를 우리 중국인으로 귀화시키는 것은 어떻습니까?”

“그 문제는 조금 힘들 것 같습니다. 그자의 스승도 한국인이고 스님이기 때문에 절대 하려고 하지 않을 겁니다. 한국의 입장에서는 그자로 인해 지금 어깨에 힘을 주고 있는 상황인데 받아들이겠습니까.”

중국의 무인들은 검강을 사용하는 태영 때문에 여러 가지 방법을 찾고 있는 중이었다.

태영이 중국으로 와서 살면 가장 좋은 방법이지만 그렇게 하지 않으려고 하니 문제였다.

현시대에서는 유일하게 검강을 사용하는 인물이 바로 태영이었다.

무인들의 입장에서는 무슨 수를 써서라도 데리고 와야 하는 사람으로 인식되는 상황이다.

태영의 입장에서는 가족들도 없었기에 이들이 태영을 구속할 방법이 없었기에 이렇게 모여 회의를 하는 것이지만 말이다.

“정부에서도 협조한다고는 하지만 문제는 개인의 문제이기 때문에 정부에서도 강제할 수가 없다고 합니다.”

“휴우, 그자가 자발적으로 온다면 좋겠지만 강제적으로 데리고 올 방법이 없으니 말이오.”

이들은 태영을 데리고 오기 위해 여러 가지의 방법을 찾았지만 아직은 마음에 드는 방법이 없어 고민을 하고 있었다.

납치할 수 있는 상대였다면 아마도 벌써 시도했겠지만 태영의 실력은 납치를 당할 인물이 아니었기에 이들이 고민은 깊어만 갔다.

“그자에게 많은 돈을 준다고 하면 좋아하지 않겠소?”

“그의 스승은 모르지만 그자는 돈을 준다고 올 인물이 아니었습니다. 그리고 본인도 어느 정도는 자금이 있었습니다.”

“흠, 돈으로 안 되고, 납치도 안 돼고……. 그러면 무슨 방법이 있는 것이오?”

“우선은 시간을 두고 생각을 해보는 것이 좋겠습니다. 일본의 무인들이 움직인다고 하니 우리는 지켜보고 있다가 움직이는 것도 나쁘지 않으니 말입니다.”

“일본의 무인들이 움직이고 있습니까?”

“정보에 따르면 이번에는 일본 동부 무인들이 대대적으로 움직일 모양입니다. 그러니 우리는 그냥 보고만 있다가 결정을 해도 늦지 않으니 우선은 기다려 봅시다.”

중국의 무인들은 일본의 무인들이 움직인다는 정보를 듣

고는 고개를 끄덕였다.

먼저 움직여 준다고 하니 가만히 보고만 있으면 되기 때문이었다.

중국의 무인들과 일본과 다른 점이 있다면 일본은 죽이려고 하는 것이지만, 중국은 그럴 의도는 전혀 없었다.

자존심 이전에 무예가로서 가치를 저버릴 수 없다는 무인의 의였다.

검강의 고수를 죽여 버리면 나중을 위해서도 좋은 일이 없었으니 말이다.

이들이 원하는 것은 살아 있는 고수이지, 죽은 고수는 필요 없었다.

한편 일본의 동부에서도 많은 무인들이 모여 있었다.

이들은 다른 무인들과는 다르게 야마다시를 따르는 무인들이었고 그의 명령을 따르는 핵심들이었다.

이들을 제외하고 다른 무인들은 야마다시의 독재와 같은 판단을 비판하고 있었지만, 아직은 야마다시의 권력이 강하기 때문에 무인들이 힘을 쓰지는 못하고 있었다.

"회장님, 모두 모였습니다."

동부의 무인대표인 야마다시는 무인들을 둘러보며 천천히 입을 열기 시작했다.

“우리 동부의 무인들이 이번에 부끄러움과 창피함을 당하게 되었는데 단 한 명의 무인 때문이라는 것을 모두 알고 있을 것이오. 우리는 무슨 짓을 해서라도 그자를 제거하려 하오. 그자만 제거하면 저기 한국의 구인들은 우리를 더 이상 감당할 수가 없기 때문이오. 나는 이번 일에 목숨을 걸고 하려고 하오.”

야마다시는 무인들을 보며 자신의 생각을 자세하게 설명해 주기 시작했다.

그리고 야마다시의 설명을 들은 무인들은 조금 비겁하기는 하지만 그래도 이번에는 확실하게 죽일 수가 있다는 확신이 은연중 깔려 있었다.

“저희는 회장님의 생각을 따르겠습니다.”

“그렇습니다, 회장님.”

이곳에 모여 있는 무인들은 야마다시를 따르지 않을 수가 없는 것이 이들은 야마다시와 그동안 권력을 나누어 가지고 있던 자들이기 때문이다.

이들은 무인이기보다는 권력의 힘에 빠져 그동안 수련도 게을리하였기에 다른 무인들에 비해 그 실력도 부족한 상황이다.

그런 탓에 권력에서 밀려난다면 단숨에 몰락할 것은 자명했다.

무인에게는 가장 중요한 것이 바로 실력이다.

동부의 야마다시는 이번 기회를 이용하여 더욱 강한 권력을 쥐려고 하고 있었다.

검강을 사용하는 무인을 죽일 수만 있다면 이를 이용하여 일본의 무인들에게 더욱 강한 이미지를 심어줄 수가 있다고 판단하였기 때문이다.

일본의 동부에서는 야마다시가 엄청난 자금과 무인들을 이용하여 태영을 죽이기 위해 음모를 짜고 있었다.

지구상에는 암살을 업으로 삼고 목숨을 파는 이들이 많았기에 가능한 일이었다.

*　　　*　　　*

한국의 수련장에서는 태영이 지금 열심히 검술에 대한 지도를 하고 있었다.

"타앗!"

챙챙챙!

"여기에 허점이 보이니 더욱 분발하기 바란다."

"예, 사범님."

중국의 무인들과 일본의 무인들은 태영에게 사범이라는 호칭을 사용하며 수련에 몰입하고 있었다.

이 호칭은 태영이 그렇게 하라고 하였기에 따르는 호칭이지만, 그들로선 조금 부담을 느끼는 호칭이기도 했다.

처음에는 이들이 스승님이라고 불렀다.

그러나 이를 난처해한 것은 태영었고, 결국 이들과 타협을 봐서 사범이란 호칭으로 정리가 되었다.

태영 입장에선 나이도 있는데 벌써 스승이라는 소리를 듣고 싶지는 않았기 때문이다.

태영의 지도를 받기 시작하면서 중국의 무인들은 상당한 실력을 키울 수가 있었는데 이는 강자와 실전에 가까운 대련을 하면서 생긴 변화였다.

이들도 각 문파에서 실전에 가까운 대련을 했지만 이는 거의 비슷한 실력을 가진 자들끼리가 대부분이었다.

그렇다 보니 배움에 한계가 있었는데 여기서는 바로 자신들의 단점을 알려주고 있으니 실력이 늘지 않을 수가 없었다.

"오늘은 여기까지 한다. 모두 수고했다."

태영의 말에 무인들은 정중하게 고개를 숙이며 인사를 하였다.

"수고하셨습니다, 사범님."

이들에게 태영은 거의 신과 동급으로 취급을 받고 있었다.

무인으로 검강을 사용하는 이에게 배움을 받는다는 사실은 이들에게는 무한의 영광이었으니 말이다.

　그렇게 수련을 마친 태영은 모든 것을 정리하고 차분히 집을 향해 이동을 시작했다.

　얼마나 걸었을까.

　어느 순간 태영의 기감으로 요상한 존재들의 기운이 감지되었다.

　'응? 이거는 전에 그 닌자와 같은 놈인데?'

　태영은 이상한 느낌에 고개를 돌리지는 않았지만 바로 놈이 있는 위치를 추적하기 시작했다.

　닌자들은 숨어서 정보를 모으는 임무도 많이 치르는 편이기에 남들보다 자신의 기세를 숨기는 데 많이 발전이 있었다.

　하지만 기감이 발달이 된 태영에게는 그런 닌자라도 문제가 될 바가 없었다.

　태영은 자신의 주변에 항상 기감을 펼쳐두고 있었기에 더더욱 이질적인 그들의 기세를 느끼는 건 어렵지 않았다.

　[키트, 내 주변에 전에 닌자 같은 놈이 감시하는 것 같은데 확인 좀 해줘.]

　[예, 마스터.]

　키트는 태영에게 많은 도움을 주기 위해 계속해서 업그레이드했고 이제는 전 세계를 돌아다닐 수 있을 정도로 커져 있었다.

　키트는 태영의 주변에 대한 감시를 철저하게 하고 있었지만 아직은 인간이 아니기 때문에 선별하기에는 문제가 있는 편이었다.

단지 태영이 이번처럼 기감에 걸리는 이들이 있으면 바로 조사하는 것은 가능하였다.

물론 일본인이 아니고 서양인이었다면 바로 걸렸을지도 모르지만 말이다.

키트가 조사를 시작하자 닌자의 위치는 바로 포착되었다.

이내 키트가 태영에게 정보를 보내왔다.

[마스터, 닌자가 있는 위치를 찾았습니다. 바로 핸드폰으로 위치를 보내겠습니다.]

키트는 닌자가 있는 위치를 바로 핸드폰으로 보냈고, 태영은 폰을 만지는 듯 자연스럽게 놈이 있는 위치를 받아보고 있었다.

태영은 놈이 있는 위치를 알게 되자 놈에게 발각이 되지 않게 문을 열고 집 안으로 들어가서는 바로 창을 통해 반대편 밖으로 빠져나왔다.

놈이 있는 곳은 태영이 있는 곳에서 조금 떨어진 건물의 옥상이었는데 태영은 놈의 뒤로 돌아 이동할 속셈이었다.

그런 덕에 닌자들은 기감을 숨기고 움직이는 태영을 포착하지 못했다.

닌자는 그저 태영이 다시금 밖으로 나오기를 기다리고 있을 뿐이었다.

태영은 은밀하게 움직여 닌자의 뒤로 갔고 바로 닌자를 제압하기 시작했다.

피슈웅!

닌자의 뒤편에서 날린 돌멩이 하나가 마혈을 두들겨 닌자는 그대로 몸이 굳어 버렸다.

"윽!"

닌자가 제압이 되자 태영은 차가운 인상을 한 채 놈의 앞에 나타났다.

"나를 감시한 이유가 무엇이지?"

태영의 차가운 목소리에 놈은 눈빛에는 황당하다는 눈빛을 하고 있었다.

자신이 감시하기는 했지만 거리도 있었고 자신은 망원경을 이용하여 장거리에서 감시를 하였는데 걸렸다는 사실이 도저히 믿어지지가 않아서였다.

"말하기 싫다는 거지? 그러면 도움을 주어야지."

태영은 놈에게 바로 혈도를 이용한 고통을 주기 시작하였다.

물론 이번에는 고통으로 인해 비명을 지르지 못하게 입을 봉하였고 말이다.

닌자는 혈도에 의한 고통이 있다는 말은 들었지만 자신이 직접 몸으로 체험하게 될 줄은 몰랐는지 눈빛에 고통이 가득 담아 있었다.

약간의 시간이 지나자 태영은 다시 물었다.

"시간은 넉넉하니 다시 묻겠다. 나를 감시한 이유는?"

닌자는 말하고 싶지만 입이 봉해져 있어서 바로 대답하지 못해 눈빛이 다급해졌다.

자신이 방금 전에 당한 고통은 두 번 다시는 당하고 싶지 않았기에 그런 눈빛으로 태영을 보았다.

하지만 이는 태영이 매우 의도적으로 벌인 일이라 그 눈빛을 깡그리 외면한 채 말했다.

"아직도 이야기하고 싶지가 않은 모양이군. 그러면 다시 말을 하게 해야지."

태영의 고문은 그렇게 근 두 시간 동안 진행되었고 닌자의 얼굴에는 온통 땀으로 얼룩이 져 있었다.

"자, 이제 이야기하고 싶지? 그렇다면 눈을 두 번 껌뻑거려라."

닌자는 태영의 그 말에 다급하게 두 번을 껌뻑거렸다.

태영은 닌자의 얼굴과 눈빛을 보고는 말할 수 있도록 아혈을 다시 풀어주었다.

"헉, 헉헉."

닌자는 입을 열리자 가장 먼저 숨을 몰아쉬고 있었다.

"나 시간이 그렇게 많지 않은데 대답부터 하지그래."

태영의 말에 닌자는 공포에 젖은 눈빛으로 태영을 보며 입을 열었다.

"그대를 감시하는 이유는 상부의 지시에 따른 것이다. 우리 닌자들이 그대에게 당했기에 그에 대한 복수를 위해서 벌인 일이다."

닌자가 아는 것은 더 있었지만 태영에게는 말을 하지 않을 생각이었는지 거짓으로 둘러댔다.

닌자는 본디 자신에게 주어진 임무와 의뢰를 드러내지 않는 법이고, 이것이 그들의 원칙이기에 그러했다.

하지만 이는 닌자가 잘못 생각하고 있었는데 태영은 상대가 거짓말하는지 아닌지를 기세만으로도 아주 잘 아는 존재라는 사실을 모르기에 벌어진 상황이었다.

"다른 일은 없고?"

"없다. 우리는 우리의 복수를 위할 뿐! 그대를 감시하다 걸렸다는 사실이 분통할 따름이다."

"아직 정신을 못 차렸나 보군."

태영은 그렇게 다시 고문을 시작하였고, 닌자는 태영의 고문에 끝내는 정신을 잃고 말았다.

태영은 놈이 자신을 감시하는 이유에 대해서 궁금하기는 했지만 이런 놈들이 와도 걱정되지 않았다.

외려 기대라면 기대랄까, 즐거운 면이 생겨나 있었다.

분명히 위험한 상황이겠지만, 그 위험이 가져오는 묘한 흥분과 두근거림이 무인으로서의 태영을 각성하기에 그러했다.

이제는 위험한 일이 생기기를 바라고 있는 자신을 보며 태영은 입가에 피식 실소가 그려졌다.

"이거 내가 완전 위험을 즐기고 있는 것 같네. 이러면 안 되는데 말이야."

태영은 그렇게 생각하며 닌자를 데리고 이동을 시작했다.

집이 멀기에 우선은 수련장과 가까운 산으로 목표를 정하였다.

산속으로 가서 본격적으로 고문할 속셈인 것.

외부에는 다른 놈이 있을지도 모르기 때문이다.

태영은 닌자를 데리고 가서 한참 등안 다 하지 못한 고문을 재개했고, 약 세 시간에 걸친 고문 끝에 그들이 원하는 바를 알아내게 되었다.

"이 새끼들이 아주 나를 골로 보내려고 하는 거네. 이대로 당할 수는 없으니 방법을 찾아야겠어."

태영은 놈들이 하려고 하는 짓을 생각하니 치가 떨렸다.

자신을 죽이기 위해 로켓탄을 이용하겠다고 한다.

우리나라에 무기류가 불법이지만, 이를 위하여 암암리에

인적이 드문 해안선을 통해 반입을 시도하고 있던 것.

이는 완전히 미친놈들이라는 생각밖에 들지 않는 상황이었고, 이에 대한 보복을 결심하기에 이르렀다.

태영은 절대로 착한 놈이 아니었지만 상대에게 피해를 주는 그런 존재도 아니었다.

하지만 당한 만큼 배로 적에게 돌려주는 것이 태영의 사고방식이었다.

태영은 닌자를 보낼 수가 없었기에 산속에 굴을 파서 놈을 숨겨두었다.

저러다가 죽으면 어쩔 수 없다는 생각으로 매몰차게 버려두었다.

나중에 생각이 난다면 놈을 구해주겠지만 그렇지 않으면 그만인 태영이었다.

"놈들이 감시자가 사라졌다는 것을 알면 이대로 있지는 않을 것이니 나도 대처를 해야겠지."

태영은 그렇게 판단을 하고는 국정원의 정 과장에게 전화를 걸었다.

"여보세요? 바쁘신 분이 어쩐 일로 연락을 하시는 겁니까?"

살짝 뾰로통해 보이는 목소리로 정 과장이 말했다.

"과장님, 저에게 불만 있으세요? 왜 그렇게 까칠하게 전화를 받으십니까?”

태영의 반응에 정 과장은 조금 놀란 목소리로 대답을 했다.

“아니, 제가 뭐가 까칠하다고 그러십니까?”

“아니, 지금 그렇잖아요. 제가 괜히 전화를 한 것 같네요. 수고하세요.”

태영은 일방적으로 그렇게 전화를 끊어 버렸다.

국정원이라고 해서 자신이 그들에게 끌려 다닐 필요는 없다고 생각하고 있어서였다.

태영이 전화를 끊어버리자 정 과장은 조금 황당한 얼굴이 되고 말았다.

“아니, 이런 새끼가 다 있어? 내가 뭘 잘못했는데 갑자기 전화해서는 이러는 거야?”

정 과장은 태영의 전화에 솔직히 기분이 아주 상하고 말았다.

태영과 국정원의 관계는 서로가 협조하는 관계이지, 상하의 관계는 아니었지만, 그래도 정 과장은 아직은 국정원에 대한 생각이 다른 사람과는 조금 달랐기 때문이다.

태영이 아무리 능력이 있다고 해도 정 과장의 입장에서는 태영이 그렇게 해서는 안 된다는 입장이었다.

태영은 정 과장과 대화를 마치고는 바토 이 검사에게 전화를 했다.

테러를 위해 오는 놈들이고, 그들이 로켓탄을 밀반입하려
는 걸 알기에 정 과장과 틀어지자 바로 이 검사에게 전화한
것이다.

드드드.

"태영 씨, 오랜만에 연락을 주셨네요."

"이 검사님께서 요즘 아주 편하게 지내신다는 소식을 들어
서 연락 드렸습니다. 하하."

태영의 목소리에 이 검사는 무언가 일이 있다는 것을 직감
적으로 느꼈다.

"또 무슨 일이 있으십니까?"

"국내에서 테러하려는 놈들에게는 어떻게 처신을 하나
요?"

"그거야 상황에 따라 달라지겠지요. 그래도 한국에는 대테
러 전담반이 있다고는 하지만 미연에 방지하는 면에서는 조
금 아쉬운 감이 있지요. 군부에 속한 면이 강하기도 하고요.
그건 왜 물으시죠?"

"간단한 이유입니다. 저에게 테러를 가하겠다는 놈들이 있
어서 그렇지요."

태영은 그러면서 자신이 들은 이야기를 이 검사에게 모두
들려주었다.

이 검사는 태영의 이야기를 들으면서 놈들이 로켓탄을 이

용하려고 한다는 소리에 솔직히 놀라고 있었다.

"국내에서 그런 위험한 것을 사용하려고 한다는 말이지요?"

"예. 제가 생각하기에도 문제가 있는 것 같아 연락을 드린 겁니다."

"로켓탄을 사용한다고 하면 우리도 필요한 준비를 해야겠군요?"

"그거야 검사님이 알아서 하셔야지요. 저야 일반 시민이 아닙니까."

태영의 말에 이 검사는 입가에 웃음밖에 나오지 않았다.

태영을 일반 시민이라고 하기에는 그가 가진 위치나 업적에 문제가 있었다.

태영은 일반 시민이 아니라 특수 시민이라고 하면 조금은 이해가 가도 평범한 사람은 결코 아니다.

이 검사가 생각하기로는 태영은 이미 일반인을 초월하는 존재로밖에 여겨지지 않았다.

이 검사는 태영의 이야기를 듣고는 한참 고민이 되었다.

어떻게 해야 피해가 없이 저들을 잡을 수 있는지를 생각하고 있어서였다.

이 검사는 태영 때문에 요즘에 검찰에서 아주 주목을 받고 있었지만, 아직은 신참이기 때문에 크게 힘을 쓰지는 못하는 입장이었다.

큰 사건들을 빵빵 터뜨려 주어 기대를 받곤 있지만, 쉽지만은 않았다.

그렇다고 검사가 해야 일을 못하는 정도는 아니었다.

"검사님, 놈들이 언제 올지는 모르지만 공항에 대한 감시를 하면 놈들이 오는 것을 알 수가 있을 겁니다. 그때 저에게 연락을 주시면 됩니다. 밀반입 건은 그와 별개로 진행이 필요하겠지만 말입니다. 아, 그리고 물론 작전도 함께해야겠지만요."

태영은 놈들이 오는 날을 대강 알고 있었지만 이 검사와 함께 움직일 생각은 없었다.

이 검사는 태영의 말에 자신도 같은 생각을 하고 있었다.

놈들이 얼마나 강한지에 대해서는 모르지만 태영이 무지막지하게 강하다는 사실만큼은 명확하게 알고 있었다.

그렇다 보니 이번에도 태영 덕분에 커다란 건수를 건질 수가 있으리라 믿는 것이다.

"예, 태영 씨와 당연히 같이 작업을 해야지요."

이 검사는 암살자가 온다는 사실을 알면서도 이제는 두렵지 않은지 자신있는 목소리로 대답하고 있었다.

그만큼 태영이 보여준 것들이 이 검사에게는 힘과 믿음을 준 것이고 그 결실이 이렇게 드러나고 있는 셈이었다.

태영은 무인들에 대한 교육을 하면서 키트와 이 검사에게 연락이 오기를 기다리는 시간이 이어졌다.

한편, 닌자들의 정보가 끊어진 동부 무인들은 좀 더 시간을 당겨 암살자들과 닌자들을 대한민국으로 보내기 시작했다.

특히 닌자들의 움직임이 가장 빨랐다.

원래 예정은 암살자 집단과 함께 움직이는 것이었지만, 자신들의 정보망이 끊어진 상황에서 지체할 수 없겠단 판단과 더불어 우선권을 제압할 생각에서였다.

이런 닌자들의 입국은 키트에 의해 바로 태영에게 알려졌다.

[마스터 일본의 닌자들이 입국하였습니다. 하지만 암살자로 보이는 이들은 아직 입국하지 않은 것을 보니 아마도 저들이 일차적으로 먼저 정보를 모으려고 하는 것 같습니다.]

[우선은 저들의 움직임을 파악만 해두고 있어 나머지 놈들이 입국하면 한 번에 모조리 잡아들이게 말이야.]

[알겠습니다, 마스터.]

키트는 태영의 지시로 놈들의 음직임을 세밀하게 파악하기 시작하였다.

닌자들은 이번 임무에는 상당히 많은 전력을 투입하였는지 그 인원만 해도 무려 이십 명이나 되었다.

아마도 놈들은 이번 임무에 자신의 체면을 살리고 싶었던 모양이다.

물론 그런 사실과는 다르게 태영이 이미 자신들의 움직임을 모두 파악하고 있다는 사실을 모르고 있었고 말이다.

태영은 닌자들이 움직임을 모두 파악하고 있는 반면, 이 검사는 아직도 닌자들이 입국한 사실도 모르고 있었다.

이는 이 검사의 권한이 아직은 부족하기 때문에 정보력이 없어서였다.

태영은 이런 이 검사에게 도움을 줄 방법을 찾았지만 자신과는 크게 연관이 있는 일이 없기도 하고, 방법이 없었기에 그냥 두고만 보았지만 이번에는 달랐다.

"이번 사건으로 이 검사를 확실하게 키워주어야겠다. 아직은 힘이 없어 보이니 말이야."

태영은 이 검사가 스승인 대오 스님에게 은혜를 입었다는 사실을 알고 있었고 이 검사는 월급을 타면 절반은 자신이 있었던 고아원으로 보내고 있다는 사실을 알게 된 바 있다.

그 후로는 이 검사를 어떻게 키워야 하는지를 항상 생각하고 있었는데 이번에 확실하게 상부에 눈도장을 찍을 수 있도록 하여 이 검사에게 확실한 도움을 주려고 계획을 짜고 있었다.

한국은 총기를 사용하는 일만 하도 엄청난 일인데 만약에 로켓탄을 사용하는 테러단을 잡았다면 이는 그의 직위 상승에 쐐기를 박는 역할을 하게 될 것이 자명했다.

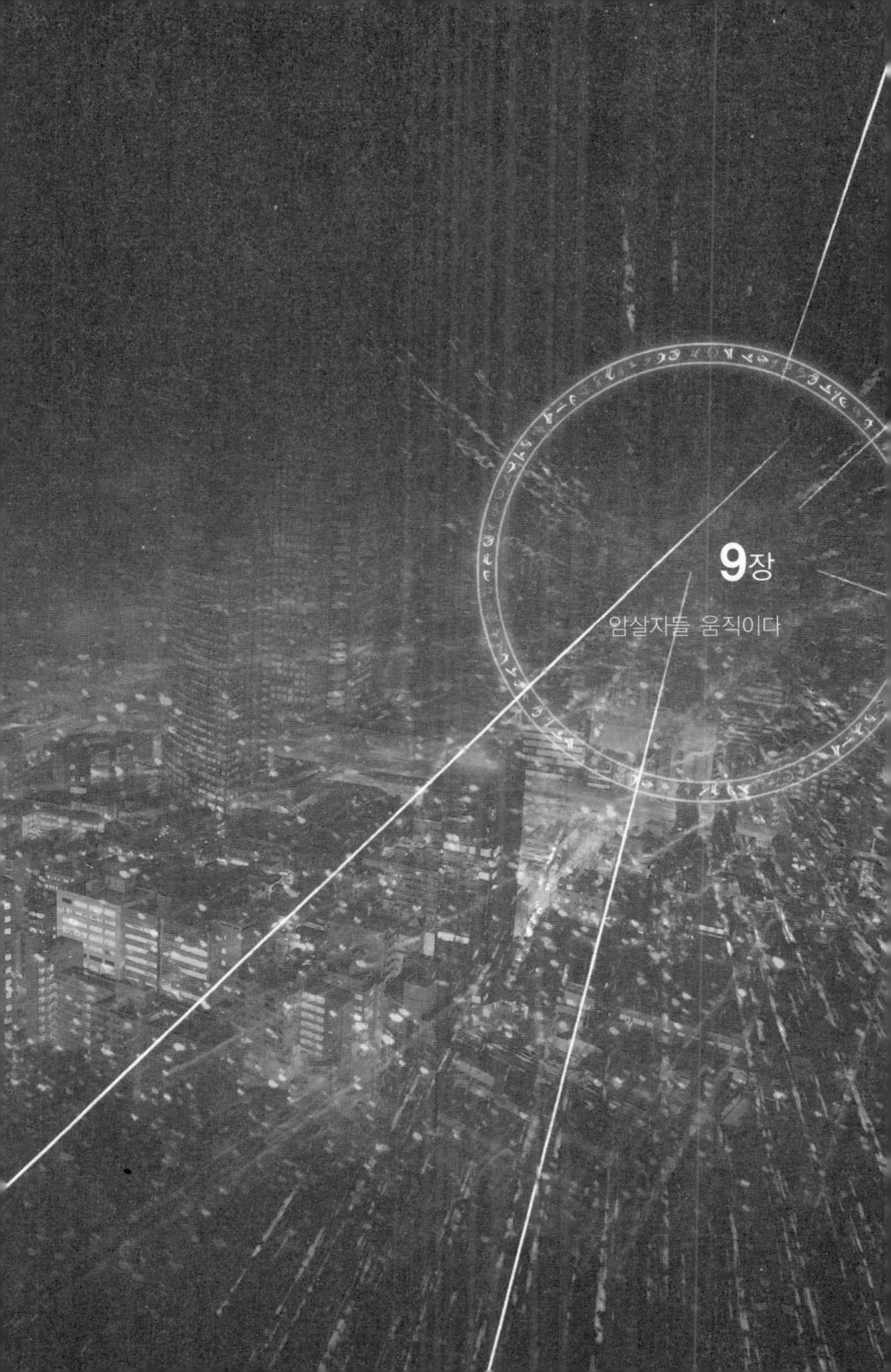

9장
암살자들 움직이다

까불지마!

   태영은 닌자들이 움직이는 것을 파악하고는 조용히 암살자들 또한 입국하기를 기다리고 있었다.

   닌자들은 그런 사실을 모르고 있는지 태영의 움직임을 은밀히 감시하고 있었고 말이다.

   "오늘도 무인들의 교육만 마치고 바로 집으로 갔습니다."

   "다른 특별한 일은 없다는 말이지?"

   "그렇습니다, 조장님."

   "우선은 놈의 움직임을 장거리에서 감시하기만 해라. 상부의 지시가 도착했다고 하니 조만간에 놈을 처리하게 될 것이다.”

“알겠습니다, 조장님.”

닌자들의 상부에서는 태영의 처리를 두고 난항이 뒤따랐
다.

암살자들보다 먼저 공격하여 처리하겠다는 자존심 싸움이
있었지만, 상대가 상대다 보니 실리와 명예에 대한 상호 논쟁
이 강했던 것.

하지만 끝내는 암살자들과 협업으로 마무리가 되어, 명예
를 우선하며 닌자들을 보냈던 지도층에선 불만이 터져나왔지
만, 어쩔 수 없이 받아들인 상황이었다.

어쨌거나 암살자들이 총기를 활용하여 저격하거나 로켓탄
등 과격한 폭약 등을 사용하여 태영을 공격한 뒤에 닌자들이
나서서 마무리를 짓는, 기존의 합의 방식대로 일처리가 진행
되게 되었다.

그렇지 않으면 태영을 상대하기가 상당히 곤란하다는 판
단이 들어서였다.

태영 때문에 닌자들이 당한 것을 생각하면 절대 그럴 수 없
는 일이지만 상대가 검강을 사용하는 무인이라는 정보를 얻
고는 이내 계획을 수정하게 된 것이다.

검강을 사용하는 전설적인 무인을 상대하는 일이기 때문
에 이들도 세밀하게 작전을 짜지 않을 수가 없었다.

닌자들이 감시하고 있는 사실을 모두 알고 있었지만, 아직
암살자들이 입국하지 않아 솔직히 즈금은 짜증이 나고 있는
태영이었다.

[키트, 아직도 암살자 놈들이 입국을 하지 않은 건가?]

[예. 암살자들은 아직 국내에 들어오지 않았습니다. 아마도
무기를 구하는 일 때문에 조금 지체하는 것 같습니다, 마스
터.]

키트의 판단대로 무기를 구하는 일은 어렵지 않지만 한국
으로 밀입을 하는 것이 어려워 시간이 지연되고 있었던 것이
다.

태영은 그런 내부적인 사정에 대해서는 알지 못하지만 자
꾸 이러고 있는 것이 마음에 들지 않아 짜증이 난 것이고 말
이다.

닌자들의 위치는 모두 파악하였기 때문에 지금이라도 당
장 놈들을 모조리 잡아들일 수가 있었기 때문이다.

이제는 태영이 닌자들보다는 더 암기를 잘 사용할 정도로
태영은 암기술에도 깨우침이 있었다.

태영은 암기로 구슬을 사용하고 있었는디 최근에는 더욱
작은 것으로 새롭게 만들어서 가지고 다니고 있는 중이었다.

그 전에는 구슬이 조금 컸지만 지근은 은단 알처럼 아주 작
게 만들었기에 상당한 양을 가지고 다닐 수가 있었다.

덕분에 아무리 많은 적이라도 충분히 상대할 수 있어서 태영에게는 더욱 마음에 들었고 말이다.

태영은 암살자들과 닌자들을 상대하기 위해 충분한 준비를 하였고 이제 놈들이 오기를 기다리고 있는 중이었다.

한편 이 검사는 태영의 이야기를 듣고는 나름대로 정보를 동원하여 출입국에 외국인들이 들어오는 상황을 체크하고 있었다.

"정 수사관, 아직 아무런 정보가 없는 거야?"

"예, 아직은 아무런 정보가 없습니다, 검사님."

"흠, 이상하네. 놈들이 입국한다고 했는데 아직도 움직임이 없으니 말이야."

"혹시 정보가 잘못된 것이 아닐까요?"

정 수사관은 태영이 아무리 대단한 무인이라고 해도 정보와는 아무런 관계가 없다고 생각을 하고 있어서 하는 소리였다.

무인과 정보는 다른 차원이었다.

"태영 씨는 국정원과도 관계가 있는 사람이기 때문에 정보를 우리보다는 더 정확하게 받을 수가 있으니 거짓 정보를 우리에게 줄 일은 없지. 아무튼 최대한 시간을 내서 출입국에 대해 조사를 해줘."

정 수사관은 이 검사의 말에 대답을 해주었다.

솔직히 별로 마음에 들지는 않지만 그래도 이 검사가 개인적으로 무언가 도움을 주고 싶다는 이야기하였고 자신도 전에 은혜를 입었기에 도움을 주어야겠다는 생각이 들어서였다.

이 검사는 경찰 특공대에 있는 대장에게는 이미 은밀히 이야기를 나누었기에 출동하는 것은 문제가 아니었다.

경찰 특공대는 이 검사와 이미 작전을 해본 경험이 있기 때문에 어찌해야 하는지에 대해서도 잘 알고 있었다.

이 검사의 출동 명령이 오기만 하면 바로 출동할 태세도 갖추었고 말이다.

물론 대장도 진급하고 싶은 마음에 이 검사의 일에 협조하는 것이지만 말이다.

특공대장은 이 검사의 일에 협조 덕에 이번 인사 고과에 상당한 이득을 보았다.

해서 이번 사건과 관련해서도 이 검사의 부탁이라면 물불을 가리지 않고 도움을 주려고 하고 있었다.

정확한 정보와 확실한 일처리로 주변의 사람들이 모두 이득을 보고 있으니 좋게 생각지 않을 사람이 없었기 때문이기도 했지만 말이다.

모두가 암살자들이 들어오기만 기다리고 있을 때 키트에

게 연락이 왔다.

[마스터, 놈들이 입국을 하고 있습니다.]

[암살자들이 입국을 하는 건가?]

[예, 암살자들입니다. 아마도 한국에서 무기를 받기로 한 것 같으니 우선은 놈들의 움직임을 감시하겠습니다.]

[그렇게 해라. 놈들이 무기를 가지고 나만 상대를 하면 상관이 없지만 로켓탄이라는 것이 다른 일반인들에게 피해를 줄 수가 있으니 철저하게 놈들이 무기를 어디서 받는지를 알아야 한다.]

[걱정하지 마십시오, 마스터.]

태영은 암살자 놈들이 입국했다는 사실을 알고는 이제 조금은 짜증이 사라지는 기분이 들었다.

그래서 우선은 무기를 받기 위해 움직일 때 암살자들을 처리하고 그다음에 닌자들을 처리하기로 마음을 먹었다.

어차피 따로 있는 놈들이니 처리하는 것도 그리 어렵지가 않아서였다.

물론 놈들도 서로 간에 연락을 하겠지만 태영은 그럴 시간을 주지 않을 생각이었다.

한편 이 검사도 출입국을 감시하고 있다가 외국인들이 갑자기 늘었다는 보고를 받고는 암살자들이 대거 국내로 입국하였다는 정황을 포착하였다.

이미 사전에 정보를 받았기에 가지는 의심이었다.

"정 수사관, 외국인들 중에 특별히 우리가 관심을 가질 사람이 있나?"

"수배를 받고 있는 이들이 없는 것을 보면 그리 관심이 가는 인물은 없었습니다. 그리고 솔직히 저들이 관광을 목적으로 들어온 사람일 수도 있고 말입니다."

정 수사관은 암살자들이 대거 국내에 온다는 사실을 솔직히 아직 믿지는 못하고 있었다.

태영이 검강을 사용하는 무인이라고는 하지만 그런 이를 죽이기 위해 로켓탄까지 사용하겠냐는 것이다.

정 수사관의 내심을 모르는 이 검사는 조금 이상한 표정을 짓고는 바로 태영에게 전화를 했다.

드드드드.

"여보세요?"

"태영 씨, 오늘 국내에 제삼국을 거쳐 들어오는 외국인이 외국인들이 평소보다는 더 많았는데 혹시 아는 바 있으신가요?"

이 검사는 태영이 전화를 받자마자 바로 직구를 날리고 있었다.

정보가 확실하지 않으니 차라리 태영에게 직접 묻는 것이 빠르다고 생각이 들어서였다.

태영은 이 검사가 그래도 머리를 굴릴 줄은 안다고 생각이
들었는지 입가에 미소를 지으며 대답을 해주었다.

"맞습니다. 놈들이 오늘 입국을 했습니다. 아마도 무기를
한국에서 받기로 한 모양인데 아직 놈들의 목적지가 어디인
지를 모르고 있어 그냥 감시만 하고 있는 중입니다. 놈들이
가는 곳을 확인하면 바로 전화를 드릴 테니 그때 부탁 좀 하
겠습니다."

이 검사는 태영의 대답에 얼굴이 환해졌다.

"걱정하지 마세요. 놈들이 무기를 사용하기 전에 확실하게
도움을 드리지요. 전화만 주십시오."

"알겠습니다. 그러면 나중에 연락을 드리지요."

태영과 통화를 마친 이 검사는 마음이 조급해지는 기분이
었다.

이번 사건을 잘만 처리하면 자신도 이제는 검찰에서 제법
이름을 날리는 유명 검사가 될 수가 있었기 때문이다.

지금도 내년도에 있을 진급순위에서 일순위로 거론되고
있는 상황이다.

거기에 그 이상 진급도 가능할 것이, 얼마 안 있어 부장검
사 하나가 정년으로 물러날 예정이라고 한다.

원래대로라면 자신이 거기까지 갈 일은 없지만, 현재 검찰
내부에서는 물론이고, 대통령에게까지 이 검사의 진급이 거

론되고 있어 이번에 제대로 쐐기를 박는다면 노릴 수 있지 않을까 하는 면도 있었다.

평검사가 진급하는 일이 쉬운 일은 아니지만 자신처럼 이런 사건을 처리하면 상황이 달라지기 때문이었다.

물론 모든 사건이 태영과 연루되어 처리가 되기는 했지만 태영은 자신의 이름이 빠지는 조건이었고, 그에 이득을 얻은 사람은 바로 자신이었기에 이 검사로서는 좋지 않을 수가 없는 일이었다.

"이 검사님, 어떻게 됐습니까?"

"암살자 놈들이 입국을 했다고 하네요. 정 수사관은 경찰 특공대에 연락을 해서 출동하는데 차질이 없도록 하라고 하세요."

"알겠습니다, 검사님."

이 검사의 정보를 지금까지 틀린 적이 없었기에 정 수사관도 빠르게 움직이기 시작했다.

대규모 무기 밀수입으로 사건을 처리하기로 한 사건이다.

그렇다 보니 이번 사건은 아마도 국내에는 앞선 사건들 못지않은 파문을 일으킬 게 명확했다.

암살 시도에 이은 무기 밀수입.

그것도 일반적인 총기류도 아닌 로켓탄이다.

어떤 무기가 되든 파급력은 지금까지를 뛰어넘을 것이고,

안보에 예민한 대한민국에서 이 검사에 대한 지지는 열렬할 것이다.

*　　　*　　　*

이 검사와 정 수사관이 한참 준비를 하는 동안 태영도 무인들의 교육 문제로 진오와 이야기를 나누고 있었다.

진오는 그동안 태영과 대련을 하면서 많은 것들을 배우고 깨닫고 있었다.

검강을 사용해서 그런 것이 아니라 진오가 익히고 있는 검술에 대한 새로운 눈을 뜨게 되었기 때문이다.

물론 태영도 진오 덕분에 검술의 새로운 경지에 도달하기도 했고 말이다.

두 사람은 서로간의 검술에 대한 많은 이야기를 나누었고 덕분에 서로 배우는 것들이 많았다.

"어르신, 제가 이번에 조금 일이 있어 당분간은 교육을 하지 못할 것 같습니다. 그러니 무인들에 대한 가르침을 잠시만 해주셨으면 합니다."

진오는 이미 태영이 이럴 것이라는 생각을 하고 있었다.

본국에서 별개로 이미 연락을 받았기 때문이었다.

그렇다고 태영에게 그런 사실을 알려줄 수는 없었기에 그냥 고개만 끄덕여 주었다.

"알겠네. 그렇게 하지. 하지만 너무 오랜 시간을 비워둘 수는 없네."

"하하하, 한 일주일 정도면 될 것 같습니다. 그러니 그때까지만 부탁 좀 드립니다."

"그렇게 하세. 그리고 일을 마치고 나면 그냥 넘어가지 않을 거네."

"예, 제가 아주 좋은 술을 대접하겠습니다, 어르신."

태영은 진오에게 무인들에 대한 교육을 부탁하여 일단 마음이 놓였다.

사실 이곳에 있는 무인들의 실력이 부족하여 여기서 교육을 받고 있는 것은 아니었기 때문이다.

물론 이곳에 모인 무인들 중에 진오가 가장 강한 무인이기는 했지만 저들이 원하는 것은 바로 태영 자신이었기 때문에 시간을 낼 수가 없었던 것이다.

하지만 지금은 그렇게 해줄 수가 없었기에 진오에게 부탁을 하고 자신은 암살자들을 처리하려고 하였다.

무인들에 대한 교육을 정리하고는 태영은 바로 집으로 향했다.

그동안 준비해 둔 암기들을 가지고 가려는 이유였다.

태영은 암기에 대한 많은 지식을 취했는데, 이는 자신이 구슬을 암기로 사용하게 되면서부터였다.

상대를 무기력하게 제압하는 데 암기를 사용하면 손발로 공격하는 것보다는 확실히 효과가 더 좋았기 때문이다.

그리고 총기를 사용하는 놈들과 대적해도 거리적 우위를 커버할 수 있어 오히려 더 자신에게 유리한 상황을 만들어낼 자신이 있는 태영이었다.

태영은 집에 도착하여 그동안 자신이 준비한 암기들이 있는 조끼를 입었다.

이 조끼에는 엄청난 양의 암기가 들어가 있기 때문에 일개 대대병력과 전투를 해도 지지 않을 자신을 가지고 있는 태영이었다.

"키트, 놈들의 움직임은 어떻지?"

"지금 인천으로 이동을 하고 있습니다. 마스터."

"아직 정확한 위치는 모르고?"

"예, 놈들이 핸드폰을 사용하지 않기 때문에 정확한 위치는 아직 모릅니다."

암살자들은 사전에 이야기를 하고 입국했는지 아무도 무기를 가지러 가는 위치에 대한 이야기하지 않아 정확한 위치를 아직 모르고 있었다.

키트라고 해도 말이다.

핸드폰을 통해 통신하게 되면 이를 키트가 감지할 수 있는

데 그렇지 않아 키트라고 해도 알아낼 방법이 없었다.

"그러면 닌자들은 어떻게 하고 있냐?"

"놈들과 통화를 하여 무기를 가지고 오면 내일 바로 공격을 한다고 약속하였습니다."

"내일이 놈들이 나를 공격하는 날이니 아마도 닌자들이 나를 감시하고 있을 수도 있겠네?"

닌자들이 장거리에서 감시하는 바람에 태영도 이들이 있는 위치를 찾는 것이 그리 쉬운 일은 아니었다.

물론 키트가 있어 놈들이 있는 위치에 대해서는 모두 파악하고 있기는 하지만 만약에 키트가 없다면 태영도 당할 확률은 존재한다.

그렇다 보니 태영은 키트가 여간 고마울 수 없는 상황이다.

"지금도 두 명이 이곳을 감시하고 있습니다, 마스터."

"하기는 내가 갑자기 사라지면 놈들이 당황할 수도 있으니 그렇게 하겠지."

태영은 놈들이 자신을 감시한다고 하여도 그리 걱정이 없는 것이 이미 언제라도 놈들 모르게 나갈 수 있도록 준비해 두었기 때문이다.

그리고 얼마 전 감시하던 닌자를 제거하던 때, 옆집을 완전히 매입하여 두 집을 함께 연결해 비상로로 쓰기 위한 조치를 해둔 태영이었다.

이미 차량을 준비하였기 때문에 태영이 움직이는 것에는 문제가 없었다.

태영은 아직 정확한 위치를 모르고 있기 때문에 이 검사에게 연락하지는 않았지만 이는 움직이면서 취하여도 충분하리라는 판단이 있었다.

어쨌든 놈들이 인천의 어느 부두인지는 아직 확인하지 못한 상황이다.

그렇다곤 해도 먼저 이들을 확인하여 제압해 둔다면 누구 하나 다치지 않고 일은 마무리될 것이기에, 조금이라도 수고를 덜어줄 생각이었다.

물론 그 부분에 대해서는 키트에게 특별히 이야기를 해두었고 말이다.

그렇게 태영이 급하게 차를 타고 인천으로 이동하는 동안 닌자들은 태영이 아직도 집에서 나오지 않는 것으로 보고 감시를 게을리하지 않았다.

이미 태영이 빠져나간 것도 모르고 말이다.

*　　　*　　　*

이동하는 내내 태영은 키트의 보고를 들으면서 놈들이 도착했다는 위치에 다다를 수 있었다.

하지만 아무리 봐도 그들이 행동하기에는 이른 시각.

인천부두에 하역하는 물건들이 입국 심사를 거친다는 점을 되짚어 본다면, 밀반입을 위한 시간이라기엔 너무 이르다.

"이상하네? 아직 대낮인데도 무기를 가지러 갈 수가 있나? 아니면 거기서 저녁때까지 기다리기로 한 것인가?"

태영은 의문이 가시지 않아 고개를 갸웃하기만 했다.

아직 어둠이 깔리지 않은 시간이기 때문에 무기를 받는다면 다른 이들의 이목에 걸릴 수도 있었기 때문이다.

야간이라면 몰라도 낮에 무기를 수령하는 일은 거의 없을 것이다.

태영이 그렇게 생각하고 있을 떠 키트에게 갑자기 다급한 연락이 왔다.

"마스터, 놈들이 인천에서 차량을 바꿔 타고 있습니다. 탑차인 것을 보니 아마도 무기는 그 안에 있는 것 같습니다."

태영은 키트의 이야기를 들으며 이제야 확실하게 이해를 하게 되었다,

"그렇지, 이미 차량을 준비를 하여 무기를 다 실어두었다 이거군. 이미 사전에 준비가 되고 있던 거였어. 어디로 가고 있지?"

"예, 다시 서울로 출발하고 있습니다."

"이거야 원. 도시에서 전쟁하자는 거야 뭐야?"

태영은 무기를 가지고 서울로 온다는 말에 어이가 없다는 표정이 되고 말았다.

전시국가이기도 한 한국은 세계적으로 무기에 매우 민감하게 대응하는 국가 중 하나기에 태영으로선 어이없을 따름이었다.

"키트, 놈들의 탑차 말고 다른 차량은 없나?"

"예, 가지고 간 승용차는 버리고 탑차에 모두 탔습니다. 두 명은 운전석으로 나머지는 모두 탑 칸에 탔습니다."

승용차에 타고 간 인원이 다섯이었으니 세 명이 뒤에 타고 있다는 이야기였다.

"다른 놈들이 있는 곳은 어디지?"

"놈들이 모여 있지 않고 각기 따로 움직이는 것으로 보입니다. 아마도 실패를 염두에 두고 조직적으로 움직이는 것 같습니다."

"거참 돈도 많네. 암살자를 고용하는 일이 그렇게 쉽나?"

태영은 자신을 죽이기 위해 저렇게 많은 암살자와 닌자를 고용하였다는 것이 신기하기만 했다.

태영은 자신의 목숨에 대해서는 크게 걱정하지 않고 있었는데 이는 태영이 충분히 이들의 공격을 막아낼 수 있다는 자신감이 있었기 때문이다.

하지만 태영과 키트가 아직 모르고 있는 것이 있었다.

　이는 바로 일본 동부의 무인들만 태영을 노리는 것이 아니고 블랙 매머드도 이번에 태영을 암살하기 위해 움직였다는 사실을 말이다.

　그래서 동부 무인의 청탁과 달리 또 다른 방향에서 이들 외에 또 다른 존재들이 태영을 암살하기 위해 움직이고 있으며, 동부 무인들의 생각과 비슷한 방식으로찾아오고 있음을 태영과 키트는 알지 못했다.

10장

대량의 무기를 보게 되다

까
불
지
마
!

　태영은 차량이 어디로 이동하는지를 알고 있기에 조금은 느긋하게 놈들을 미행하고 있었다.

　드드드.

　"여보세요?"

　"이 검사님, 놈들이 무기를 수령하고 지금 서울로 올라가고 있으니 준비를 하셔야겠습니다. 탑차에 실을 정도면 규모가 보통이 아닐 듯합니다."

　태영의 정보에 이 검사는 눈빛이 달라지기 시작했다.

　이 검사도 이미 모든 준비를 마치고 기다리고 있었기 때문이다.

"알겠습니다. 장소만 알려주시면 바로 놈들을 처리하도록 하겠습니다."

"알겠습니다. 그러면 놈들이 있는 곳으로 가실 때 은밀하게 움직이는 것만 잊지 마세요. 놈들이 이상한 기미를 알면 바로 다른 곳으로 이동을 할 수도 있으니 말입니다."

"걱정 마십시오. 절대로 놈들을 놓치지 않을 테니 말입니다."

태영은 이 검사의 대답을 들으니 그동안 철저하게 준비하고 있었다는 것을 느끼게 되었다.

하기는 이 검사의 입장에서는 엄청난 실적을 올릴 수 있는 일이니 절대 소홀히 할 수 없겠지만 말이다.

태영은 놈들이 가려고 하는 장소에 대해 아주 자세하게 이 검사에게 정보를 보내주었다.

이 검사가 아무리 특공대의 도움을 받는다고 해도 암살자들을 모두 제압할 수는 없겠지만, 자신이 개입하면 이야기가 달라질 것이다.

태영은 이 검사에게 정보를 주면서 자신도 놈들을 잡기 위해 움직일 수밖에 없었다.

이 검사가 놈들을 놓치면 피곤해지는 것은 결국 자신임을 잘 알아서였다.

태영은 놈들이 가는 장소를 알기 때문에 놈들이 움직이는 방향과는 다르게 더욱 빠른 속도로 이동해 나갔다.

한편 이 검사도 이미 장소에 도착하여 숨어 있는지 주변에는 상당수의 인물이 감지되었다.

태영도 차량에서 내려 놈들이 있는 장소를 보고 있었다.

드드드.

"여보세요?"

"이 검사님, 차량이 도착하면 바로 작전을 시작하세요. 놈들이 무기를 가지게 되면 사상자가 나올 수 있으니 말입니다."

"예, 사상자가 나오게 할 수는 없는 일이니 그렇게 하지요."

이 검사는 태영의 지시를 받아 일을 처리하는 것이 그리 좋지만은 않았지만 지금은 어쩔 수 없다고 판단하고 그의 지시를 따르고 있었다.

사실 이 검사도 태영이 자신을 빼고 일을 처리할 수도 있다는 사실을 알기에 한편으로는 태영에게 고마운 마음이 들기도 했다.

한참의 시간이 지나자 목표인 탑차가 들어오고 있었다.

탑차가 보이자 이 검사는 빠르게 무전기를 들고 작전을 지시하기 시작했다.

이 검사와 정 수사관을 빼고는 태영이 작전을 지시하였다는 사실을 아무도 모르고 있었다.

특공대의 인물들은 모두 이 검사가 정보를 얻어 이번 작전을 하는 것으로 알고 있으니 말이다.

차량이 도착하자 제일 먼저 움직인 이는 태영이었고, 특공대의 대원들도 차량이 멈추고 운전자가 내리자 바로 움직이기 시작했다.

탑차의 뒤에는 세 명의 인물이 있다는 이야기를 들었기에 놈들이 모두 내리면 잡을 생각이었다.

어차피 놈들도 차 안에 계속 있을 수는 없다고 판단하였기 때문이다.

이 검사는 태영이 놈들이 숨어 있는 곳으로 간다는 이야기를 들었기에 차량에 있는 놈들만 잡으면 된다고 생각하고 있었다.

태영의 신비로운 무예를 이 검사도 알고 있었기에 절대 상대에게 당할 수준은 아니라는 것을 알고 있어서였다.

키트에 따르면 이번 암살에는 모두 열 명이 동원되었는데 탑차가 선 4층짜리 건물 속에 있는 사무실을 임대하여 그 안에 나머지가 머물고 있었다.

태영은 건물 안으로 들어가 놈들이 있는 사무실 앞에 멈추었다.

"이 안에 숨어 있다는 말이지?"

태영은 놈들이 숨어 있는 문을 보며 손에 암기를 들었다.

놈들이 총기를 가지고 있을 수도 있다는 판단이 들어서였
다.

천천히 도어를 돌리니 아직 잠기지는 않았기에 태영이 문
을 여는 것은 그리 어려운 일이 아니었다.

태영은 문을 열면서 기감을 퍼뜨려 놈들이 있는 위치를 찾
았다.

사무실은 제법 평수가 있었고 한 명을 빼고는 모두 의자에
앉아 있었기에 바로 암기를 이용하여 제압하면 되었다.

화악!

슈슈슈슈슉!

"윽!"

"누구… 윽!"

"큭!"

"어떻게?!"

놈들은 태영의 암기에 단번에 제압이 되고 말았다.

태영은 암살자들을 보며 이들은 전에 코브라 암살자보다
도 등급이 낮은 이들이라는 것을 알 수가 있었다.

그러니 로켓탄이나 이용하여 자신을 공격하려고 하는 것

이겠지만 말이다.

　태영이 사무실의 암살자들을 처리하는 동안 이 검사도 차량에 타고 있던 놈들을 잡기 위해 작전을 펼치고 있었다.

　가장 먼저 걱정이 되는 뒤에 타고 있는 놈들이었는데 다행히도 놈들이 차가 멈추자 바로 문을 열고 내리는 것이 아닌가.

　"놈들이 내렸으니 바로 작전을 시작한다."

　"라져."

　무전이 가고 바로 특공대가 투입이 되었고 이들 중에 발군의 무술 실력을 가진 이들이 가장 먼저 움직였다.

　암살자들도 나름 무술을 익히고 있을 것이라는 생각이 들어서였다.

　놈들이 총기를 사용할 수도 있기 때문에 이들은 안전장치를 풀고 움직였다.

　언제든지 발사할 수가 있게 말이다.

　"움직이지 마!"

　특공대가 자신들을 기다리고 있다는 사실을 모르고 있던 놈들은 갑자기 들이닥친 경찰들을 보고는 놀라고 있었다.

　이 검사와 정 수사관도 운전대에 있는 두 명의 남자에게 권총으로 위협을 하며 내리게 하고 있었다.

　"운전대에서 손을 떼고 천천히 문을 열고 내리도록 해라."

암살자들이 외국인이기는 했지만 이 검사도 영어를 매우 유창하게 하기 때문에 대화에는 문제가 없었다.

놈들은 총기를 들고 있는 이 검사를 보고는 천천히 문을 열고 내리고 있었다.

다섯 명의 남자를 모두 제압을 하자 이 검사는 가장 궁금한 내용인 무기가 안에 있는지를 먼저 확인하기 시작했다.

탑차의 안에는 여러 개의 상자가 있었는데 그 안에는 대량의 무기들이 자리 잡고 있다는 사실을 눈으로 확인할 수 있었다.

"정 수사관, 여기 무기가 있으니 먼저 사진을 찍도록 하자."

증거물이 확보가 되었으니 혹시 모를 일을 위해 사진을 먼저 찍어 두려고 하는 이 검사였다.

"저기 이 검사님, 안에 들어간 사람은 상관이 없겠습니까?"

"그 사람은 우리가 걱정한다고 될 사람이 아니니 걱정 말라고. 아마도 안에는 이미 정리가 되어 있을 거야."

이 검사는 태영의 실력을 알기에 하는 소리였다.

드드드드.

이 검사의 말이 끝나기 무섭게 핸드폰이 울렸다.

"여보세요?"

“이 검사님 무기는 확보하셨지요?”

“예, 안에 무기가 엄청 많이 있네요. AK—48부터 소형 로켓 발사기 종류까지 다양합니다. 이 정도면 아예 전쟁을 벌여도 되겠는데요? 어휴, 어쨌거나 여기는 정리가 되었습니다.”

“안에 사무실도 모두 진압하였습니다. 이제 놈들을 잡기만 하시면 됩니다. 그리고 이번 사건에 대해서 저는 빠지는 것으로 마찬가지로 부탁드립니다.”

“걱정하지 마십시오. 그 부분에 대해서는 철저하게 해드리겠습니다. 이번 사건을 정리하고 우리 조용히 술이나 한잔하지요.”

“그렇게 하지요. 그럼 저는 이만 물러갑니다.”

태영은 그렇게 말을 하고는 바로 전화를 끊었다.

이 검사는 태영이 자신의 신원이 밝혀지는 것을 꺼려하고 또 다른 일들로도 바쁘다는 사실을 알기에 이해했다.

무엇보다 지금 눈에 보이는 일을 처리하는 것만도 이 검사의 입장에서는 바쁠 수밖에 없었다.

이 검사는 무기들을 보며 솔직히 겁이 나기도 했는데 이 무기를 놈들이 만약에 사용하였다면 우리나라는 더 이상 테러 안전국 지위를 유지할 수 없게 되어 보안에 대한 문제가 더욱 커질 게 자명했다.

"정 수사관, 무기에 대해서는 철저하게 통제하라. 그리고 놈들이 있는 사무실에는 이미 정리하였다고 하니 가서 놈들을 데리고 오면 되니 특공대 중에 힘 좋은 놈들로 보내. 나는 상부에 보고부터 해야 하니 말이다."

"예, 그렇게 하겠습니다. 검사님."

이 검사의 지시로 상황을 빠르게 정리가 되기 시작했다.

정 수사관도 이번이 기회라는 것을 알기에 군소리 없이 일에 임하고 있었다.

로켓탄이 있는 상자를 보니 정 수사관도 솔직히 겁이 났기 때문이다.

태영은 이 검사가 뒤처리하는 동안 가장 빠르게 닌자들이 있는 곳으로 갔다.

암살자가 해결된 지금 다음 차례는 당연히 닌자들이었다.

놈들을 이제는 그냥 둘 수가 없었기 때문이다.

[키트, 닌자들이 아직도 그 자리에 있나?]

[예, 아직은 움직이지 않고 있습니다. 감시하는 두 명의 닌자도 그 자리에 그대로 있습니다.]

태영을 감시하는 두 명의 닌자는 조금 떨어진 건물에 사무실을 임대하고 돌아가면서 태영을 감시하고 있었다.

키트는 태영이 있는 곳을 중심으로 최소 십 킬로미터는 자

신의 영역을 삼고자 곳곳에 감시 카메라를 설치하였기에 놈
들이 어디에 있는지를 모두 파악하고 있었다.

키트가 설치를 한 카메라는 최소형이었지만 아주 성능이
우수한 제품들이었기에 무선으로 조작도 가능한 것들이었
다.

그러니 아무리 닌자라고 해도 키트의 눈을 벗어나서 행동
을 할 수는 없는 일이었다.

사실 키트는 서울 전역을 그렇게 하고 싶었지만 이는 무선
카메라의 성능이 그 정도밖에 되지를 않아 십 킬로미터만 감
시하게 되었다.

"우선은 두 놈을 먼저 잡고 그 다음에 다른 놈들을 잡아야
겠다."

태영은 그렇게 판단하고는 빠르게 놈들이 있는 사무실로
갔다.

기감을 이용하니 안에 있는 두 명 중 한 명은 망원경을 보
고 있는지 창가에 있었고, 다른 한 명은 의자에 앉아 있는 것
을 느낄 수가 있었다.

태영의 기감은 이제는 어느 정도 경지에 도달했는지 상대
의 움직임을 모두 파악할 수가 있을 정도였다.

태영은 놈들이 문을 잠근 채 있다는 걸 알기에 내기를 이용
하여 조심스럽게 문을 열려고 하였다.

그런데 문을 열려고 하니 문제가 지금 놈들이 사용하는 문은 이중으로 장치가 되어 있어 강제로 여는 수밖엔 방법이 없었다.

이는 곧 힘으로 박살을 내는 방법밖에는 없다는 이야기인데, 그렇게 하면 놈들에게 피할 시간을 줄 수도 있을까 싶은 태영이었다.

무엇보다 동료들에게 지원을 요청하여 일이 복잡해질까 그게 망설여졌다.

'결국 내기를 사용해야 한다는 말인데, 그렇게 되면 죽여야 하는데 문제군.'

내기를 사용하여 암기를 던지면 최소한 병신이고 아니면 사망할 게 분명했다.

몸을 확실하게 움직이지 못하게 하기 위해서는 결국 죽여야 한다는 결론이 나오자 태영의 눈빛은 차가워져만 갔다.

죽여야 한다면 미련을 가질 필요가 없었다.

태영은 손이 암기를 들고 서서히 내기를 주입하기 시작했다.

검강을 사용하는 태영이었기 암기에 내기를 주입하는 것은 일도 아니었다.

태영의 손에 들린 암기들이 내기를 주입받고는 빠르게 문을 부수고 들어가 이를 날렸다!

퓨웅! 퓨웅!

"커헉!"

"크윽!"

와지직! 꽝!

태영이 안으로 진입을 했지만 이미 놈들은 암기로 인해 목숨이 경각에 달해 있었다.

아마도 치료한다고 해도 살아남을 수는 없어 보였기에 태영은 조금이라도 도움을 주기 위해 놈들의 목숨을 거두어 주기로 했다.

"컥!"

"크윽!"

그나마 다행인 것은 놈들이 암기에 당하는 바람에 신호를 보내기도 전에 제압되었단 사실이다.

어쨌거나 두 명의 닌자를 처리한 태영은 바로 나머지 놈들이 있는 곳으로 이동하려 문을 원래대로 닫고 나갔다.

자물통은 박살 냈지만 문 자체가 떨어져 나간 것은 아니기에 태영이 이동하는 동안 큰 문제가 생기진 않을 것이다.

그렇게 태영은 나머지 닌자들이 있는 곳으로 향했다.

나머지 닌자들이 있는 곳에 도착한 태영은 그야말로 깔끔

하게 그들을 제압하였다.

하지만 이번에는 좀 문제가 복잡하다 여겼다.

이진호 검사는 현재 무기 관련 건으로 대단히 바쁠 것이 자명하여 이곳으로 와달라 요청하기엔 곤란한 상황.

"이 검사는 지금 매우 바쁠 것이고… 그러면 결국 다른 이에게 도움을 받아야 한다는 말인데 누구에게 연락을 하지?"

태영은 고민하다가 문득 일부 사람들을 떠올렸다.

신림동에 있는 조직이 생각이 난 것이다.

드드드드.

"선생님, 어쩐 일이십니까?"

"여기로 애들 좀 보내줘야 할 것 같은데 말이야."

태영은 그러면서 닌자들이 있는 장소와 죽은 놈들은 그냥 묻으라는 지시를 내렸다.

신세기파의 보스인 명수는 태영의 말에 속으로 기겁하고 있었다.

자신들이 비록 조직이기는 하지만 사람을 죽여온 적이 없는 이들이었다.

그런데 태영은 죽은 놈이 두 명이고 나머지는 죄다 병신이 되었다고 하니 놀라지 않을 수가 없었다.

그 수가 적기나 하면 그렇지도 않았으니 마른침이 넘어갈 상황이다.

“알겠습니다. 제가 차량을 보내도록 하겠습니다, 선생님.”

“그래, 부탁 좀 하자.”

태영은 그렇게 닌자들과 암살자들을 처리하니 조금 마음이 편안해졌다.

그런데 그런 태영에게 급하게 키트의 말이 들렸다.

태영은 항상 블루칩을 사용하고 있었기에 키트는 언제든지 태영과 대화할 수가 있었다.

“마스터, 또 다른 암살자들이 이쪽으로 이동하는 것 같습니다.”

“응? 다른 암살자들이 있다고?”

태영은 암살자들을 모두 처리하였다고 생각했는데 아직도 남아 있다고 하니 솔직히 짜증이 났다.

“다른 놈들은 어디에 있냐?”

“지금 집이 있는 근처에 일부의 암살자가 있고 나머지는 다른 곳에 있는 것 같습니다. 아직 통신을 하지 않아 정확한 수는 알지 못했습니다.”

“몇 명이나 있냐?”

“세 명입니다, 마스터.”

태영은 세 명의 암살자라고 하자 이번에는 또 어디서 보낸 것인지 고민이 되었다.

‘이거 내가 너무 원한을 많이 사고 있는 거 아냐? 어떻게 암살자만 보내고 있냐?

태영은 자신이 한 행동에는 문제가 없지간 그로 인해 피해를 입은 놈들이 자신에게 원한을 가지고 있다는 사실을 생각하고는 솔직히 화가 났다.

자신은 절대 타인에게 먼저 피해를 주는 사람이 아니었기 때문이다.

태영은 놈들이 집이 있는 근처에 있다고 하니 지금 그리 멀지가 않았기에 우선은 닌자들을 먼저 처리를 하고 이동을 해야겠다고 생각했다.

신세기파의 조직원들은 태영의 지시로 매우 빠르게 움직였다.

"선생님, 저희 왔습니다."

"그래, 수고했다. 여기 있는 놈들은 가지고 있는 핸드폰을 이용해서 연락하여 데려 가라고 하고 다른 곳에는 죽은 두 명의 시체가 있으니 그놈들은 알아서 잘 묻으면 된다."

"알겠습니다. 묻는 거라면 저희가 전문입니다, 선생님."

이들은 태영의 지시에 충실하게 따르고 있었다.

"절대 흔적을 남겨서는 안 되는 일이라는 것을 명심하고, 알겠냐?"

"예, 걱정하지 마십시오. 쥐도 새도 모르게 처리를 하겠습니다."

신세기파의 조직원들은 이미 협조하기로 하였기 때문에 태영의 지시에 따라 빠르게 일을 정리하기 시작했다.

태영은 놈들이 그래도 조금 믿음이 가기에 바로 자신이 움직여도 되겠다는 판단이 들었다.

"나중에 보스에게 놀러 간다고 해라."

"예, 알겠습니다. 선생님."

태영이 떠나고 나자 신세기파 조직원들은 닌자들을 보며 고개를 흔들고 있었다.

"아니, 저게 사람이야? 무슨 고기 덩어리 같잖아?"

"전에 우리 조직도 저렇게 당할 뻔했다고 하잖아. 우선 이 놈들 좀 처리를 하자. 그런데 이거 병원에 보내야 하는 거냐?"

"우선은 놈들이 가지고 있는 핸드폰으로 연락부터 하지."

조직원들은 상대가 누구인지도 모르고 우선은 태영의 지시대로 연락을 해주고 있었다.

닌자들은 치료한다고 해서 정상인이 될 수 있는 상태가 이미 아니었다.

그렇기에 이들을 되돌려 보내 명확한 경고를 보내는 게 낫다는 태영의 판단이었다.

그들은 일본으로 다시금 송환될 것이다.

다시 또 보내면 그때는 자신이 일본으로 직접 갈 생각도 하고 있는 태영이었기에 마지막으로 저들에게 기회를 주고자 연락하라고 한 것이다.

물론 판단은 이제 닌자들의 몫이다.

11장

블랙 매머드의 암살자들

까불지마!

　태영은 신세기파의 조직원들에게 협조를 받아 놈들을 정리하라고 지시를 내리고는 바로 다른 암살자들이 있는 장소로 이동하였다.

　이번 암살자들은 총기를 가지고 있다고 판단한 태영이다.

　자신을 찾아왔던 암살자들은 닌자를 제외하곤 총기를 휴대하고 있었다.

　게다가 일본에서 보낸 이들이었다면 이미 키트가 눈치를 챘겠지만, 감시망에 걸려들지 않았다는 점을 두고 볼 때 새로운 놈들임이 분명했다.

　그래서 태영은 놈들이 오늘 잡은 놈들과는 다른 암살자라고 생각이 들었다.

　그리고 아직도 이해가 가지 않는 것이 이번 암살자들은 과연 누가 보냈는가에 대한 문제였다.

　자신은 암살자만 잡다가 볼일 보고 싶지는 않았기에 이번에는 확실하게 뒤를 정리할 생각이었다.

　물론 일본 동부의 무인들도 태영이 정리해야 하는 대상들이었지만, 우선은 닌자들과 더불어 마지막 기회를 줄 생각이었다.

　일본 무인 중 자신에게 배우는 이들이 있는 판국에 굳이 적대할 필요까지는 없다는 생각이다.

　하지만 지금 다른 암살자들은 누구인지 파악되지 않은 놈들이다.

　그래서 어떤 의미로 긴장하고 있는 태영이었다.

　"키트, 놈들이 있는 위치를 다시 한 번 알려줘."

　"지금 계신 곳의 전방에 보시면 24시 체인점이 있는 좌측에 한 명과 그 뒤로 조금 떨어진 곳에 한 명 그리고 집의 입구 근처에 있습니다."

　"아니, 한곳에 몰려 있지, 왜 저렇게 떨어져 있는 거지?"

　놈들의 위치를 찾았지만 모두 떨어져 있는 바람에 한꺼번에 처리되지 않았기에 하는 소리였다.

태영은 놈들을 찾았고 놈들의 품에 총기를 가지고 있는지를 모르기 때문에 우선은 가장 빠르게 두 명을 먼저 제압하기로 하였다.

차량을 놈들이 있는 쪽으로 몰고 가면서 태영은 천천히 창문을 열고는 재빠르게 암기를 날렸다.

쉬익! 퍽!

"컥!"

"큭!"

뒤에 있는 놈은 조금 거리가 있기는 하지만 암기를 날리지 못할 정도의 거리는 아니었기에 동시에 날려 두 놈을 모두 제압하고는 빠르게 차에 태웠다.

태영이 두 명의 암살자를 제압하고 집이 있는 근처로 가면서 남아 있는 놈도 암기를 이용하여 제압한 후 태영은 자신의 집이 아닌 키트가 있는 곳으로 차를 몰았다.

자신이 살고 있는 곳과 키트가 있는 곳이 달랐기 때문이다.

키트가 있는 건물의 지하에는 암살자 세 명이 쓰러져 있었고 태영은 놈들을 깨우기 위해 물을 부었다.

쏴아아악!

"어푸."

놈들이 정신을 차리는 것을 본 태영이 차가운 목소리로 말을 하였다.

"이제 정신이 차렸으니 묻겠다. 누가 보냈냐?"

태영의 차가운 목소리는 한겨울의 매서운 바람과도 같았기에 이들은 그 목소리에 오한이 드는 기분이 들 정도였다.

놈들은 서로간의 눈치를 보는지 눈알이 굴러가는 소리가 태영의 귀에도 들릴 정도였다.

"아직 나에 대한 이야기를 듣지 못한 모양이네."

태영은 그렇게 말을 하며 놈들에게 다가갔다.

그러자 한 놈이 가장 먼저 입을 열었다.

"우리는 블랙 매머드에서 보냈습니다."

블랙 매머드라는 말에 태영은 역시 지독한 놈들이라는 생각을 하게 되었다.

미국에 있는 지부를 박살 냈는데도 아직도 자신을 찾고 있는 것을 보면 말이다.

한동안 잠잠한 것 같더니 다시 암살자를 보낸 것을 보면 놈들도 어지간히 약이 올랐다고 판단이 들었다.

"그래 블랙 매머드의 청부를 받아왔다는 말이지?"

"청부가 아니고, 당신을 만나라고 하여 온 겁니다."

태영은 갑자기 상황이 조금 이상하게 전개가 되자 의문스러운 눈빛을 하며 물었다.

"나를 만나라고 하였다고?"

"그렇습니다. 만나게 되면 연락을 하라고 하면서 번호를 하나 알려주었습니다.”

놈의 말을 들으니 블랙 매머드의 상부에 있는 놈들 중에 하나가 자신과 통화하고 싶은 모양이었다.

하기는 지부 중에 가장 큰 곳을 박살을 냈으니 속이 좋지 않았을 것이다.

“그러니까… 놈들이 보내기를 연락할 번호를 알려주라고 하였다는 말이지? 그런데 너희가 가지고 있는 총은 뭐냐?”

연락하라는 지시만 받았다면 총기를 후대하고 올 일이 없었기에 하는 소리였다.

태영의 그 말에는 바로 대답하지 못하는 것을 보니 아마도 암살에 실패하면 연락하도록 지시한 게 분명해 보였다.

태영은 암살자들을 보며 멍청한 놈들이라는 생각이 들었다.

하기는 저렇게 행동하는 것을 보니 이들은 겨우 이류 정도의 실력을 가지고 있는 놈들 같아 보였다.

특급의 암살자만 해도 하는 행동이 달랐기 때문이다.

태영은 암살자들을 많이 겪어 보니 저들의 행동패턴을 조금은 알 수가 있었다.

물론 자신이 암살자가 아니기 때문에 모든 것을 알지는 못하지만 어느 정도는 느끼고 있었다.

“너희는 불리하면 입을 닫고 있는 것을 보니 아직 정신을 덜 차렸다. 우선 조금 맞으면서 갱생 좀 하자.”

태영은 그렇게 말을 하며 지하에 보관이 되어 있는 삼단봉을 들었다.

퍼퍼퍼퍼퍼퍼퍼퍽!

“크아악!”

“아아악!”

“아아악! 말하겠습니다.”

세 명 중에 두 명은 참았지만 한 놈은 결국 고통에 입을 열고 말았다.

이들은 일을 함께하라는 말을 듣기는 했지만 서로가 잘 모르는 인물들이었다.

하기는 암살자들이 얼굴을 보고 서로 알고 있다면 아마도 상당히 불편할지도 모르지만 말이다.

“블랙 매머드에서는 암살하면 열 배의 청부금을 주겠다고 하여 그런 겁니다.”

“실패를 해도 연락하기만 하면 된다는 이야기냐?”

“그렇습니다. 실패를 하면 죽지는 않을 것이라고 해서 하게 된 겁니다.”

태영은 암살자 놈이 하는 이야기를 듣고는 기가 막혔다.

암살자라고 고작 이런 놈을 보냈다는 것도 웃겼다.

“연락하라는 번호는 뭐냐?”

"제 품속에 있는 핸드폰으로 하면 된다고 하였습니다."

태영은 놈의 말에 품에서 핸드폰을 꺼냈다.

거기에는 딱 한 개의 번호가 저장이 되어 있었는데 아마도 대포폰과 같은 그런 번호라고 생각이 들었다.

태영은 핸드폰을 들고 혹시 다른 것이 있는지 확인을 하고는 천천히 통화를 눌렀다.

"여보세요?"

"어이, 연락하라고 했으니 본론을 먼저 말을 해야지."

"자네인가? 우리 일을 방해한다는 동양 놈이."

"어이, 말을 똑바로 하자고. 내가 방해한 것이 아니고 당신들이 먼저 시비를 걸었지. 안 그래?"

태영은 놈들에게 전화를 걸면서 키트에게 놈들이 있는 위치를 찾으라고 지시를 해두었기에 시간을 끌기 위해 천천히 대화를 이어나갔다.

"허허허, 우리가 먼저 시비를 걸었다고 하는 사람이 있을 지는 몰랐네. 그리고 지금 하는 통화는 절대 찾을 수 없는 곳이니 혹여나 힘들게 우리를 찾을 생각은 하지 않는 것이 좋다네."

"그런 걱정은 하지 않아도 되고 연락하라고 한 이유가 뭐야? 아직 나는 당신들과 이렇게 대화하고 싶은 기분이 아니라서 말이지."

　태영은 블랙 매머드에 대해 좋은 생각이 없었기에 하는 소리였다.

　놈들이 있는 위치를 알기만 하면 지금이라도 바로 달려가고 싶은 생각이었다.

　"허허허, 젊음이 좋기는 하군. 아직도 그렇게 화를 내는 것을 보면 말이야. 내가 연락하라고 한 이유는 이제 그만 우리 관계를 정리하였으면 해서라네. 자네에 대한 정보를 보니 검강을 사용하는 자라고 하더군. 동양 무술이란 참 굉장하다더군. 그런 강자를 적으로 돌리고 싶은 마음은 우리도 없네. 우리는 그런 자네와 복잡한 관계가 되는 것이 좋지 않다고 판단이 들었네. 그래서 지금까지의 일은 불문에 붙이기로 했네."

　태영은 이야기를 들으면서 조금은 이해가 가지 않았지만 상대가 하는 이야기가 무슨 뜻인지를 파악하고 있었다.

　결국 블랙 매머드의 입장에서는 자신과 계속해서 전쟁을 하고 싶지 않다는 이야기였다.

　"그러니까, 나와 전쟁은 그만하자는 이야기네? 그러면 나에게 무엇을 줄 수 있는지를 먼저 말을 해야 하는 것이 아닌가? 건드렸으면 배상을 해야지. 안 그래?"

　태영은 아주 뻔뻔하게 요구를 하고 있었다.

　지금 자신은 다른 이들 때문에 아주 기분이 좋지 않았기 때문에는 나오는 소리였다.

태영의 말에 갑자기 상대는 말이 사라졌다.

아마도 피해를 입은 것은 블랙 머머드라고 생각하고 있었기 때문이다.

"자네 솔직히 우리 때문에 입은 피해가 있는가? 피해라면 우리가 입었다고 생각하는데 아닌가?"

태영은 상대의 말에 발끈하였다.

"내가 블랙 매머드 때문에 가지 않아도 되는 미국에까지 가서 너희를 잡는다고 얼마나 고생했는지 알고 하는 소리야?"

상대는 태영의 말에 어이가 없었지만 실질적으로 태영이 자신들을 잡기 위해 수고한 것은 알고 있는지 다른 말이 없었다.

한참을 기다려도 대답이 없자 태영이 화난 음성으로 말했다.

"지금 나하고 통화하자고 하는 거야, 아니면 약을 올리자고 하는 거야?"

그러자 다시 늙은 음성이 들렸다.

"우리는 지금 자네와의 일을 매듭을 짓고 싶어 연락하라고 한 것이네. 자네와는 더 이상 좋지 않은 일로 연관이 되고 싶지가 않아서일세. 그런데 갑자기 피해 보상을 하라고 하니 할 말이 없어져서 그런 것뿐일세."

태영은 남자의 이야기를 들으며 속으로 키트가 놈들이 있
는 곳을 찾기를 간절히 빌고 있었다.

'키트야, 제발 놈들이 있는 곳을 찾기를 바란다. 이런 놈들
은 세상에 정말 필요없는 존재들이니 말이다.'

하지만 태영이 원한다고 해서 그렇게 모든 일이 이루어지
는 것은 아니었다.

태영이 속으로 빌고 있을 때 키트에게 연락이 왔다.

[마스터, 지금 거시는 전화로는 위치를 추적할 수가 없습니
다. 놈들의 위치가 다중으로 포착되고 있습니다. 추적을 하기
엔 시간이 너무 오래 걸립니다. 물리적인 한계가 생길 듯합니
다.]

[빌어먹을……. 할 수 없지. 놈들을 찾을 수가 없다면 적당
하게 타협하는 것도 나쁘지 않으니 말이야.]

태영은 내심 그렇게 생각을 하고는 다시 입을 열었다.

"당신들의 생각과 내가 생각하는 것이 다른 것 같은데 그
러면 우리 조금 더 다정하게 놀아보자고. 나에게 남는 것은
시간밖에 없으니 말이야."

태영은 타협을 하기는 하겠지만 그렇다고 자신이 숙이면
서 가고 싶지는 않았기에 조금 강하게 나가기로 했다.

태영의 대답에 남자는 약한 침음성이 들렸다.

"흠… 우리가 어떻게 하기를 바라는가?"

"보상을 해야지, 뭘 어떻게 해?"

태영은 당연하다는 듯이 보상을 하라고 하고 있었다.

어차피 놈들을 찾을 수 없으면 이렇게라도 보상을 받고 싶었다.

그러지 않으면 속에서 열불이 터져 미칠 것만 같았기 때문이다.

"얼마를 원하는가?"

"그거야 그쪽에서 알아서 해야 하지 않을까? 그렇다고 장난을 치는 것은 사양하지."

블랙 매머드의 입장에서는 태영과 전쟁을 해서 도움이 되지 않는다고 판단이었다.

그 이유는 간단했다.

태영의 무력.

자신들이 보유하고 있던 암살 조직도 박살을 내고 코브라 암살단도 박살이 났다.

자신들의 정보에 따르면 태영은 중국과 일본의 실력자들마저 하나하나 다 꺾었다고 한다.

저런 인간과는 절대 험한 꼴을 보는 게 좋지 않다.

미국 지부도 놈 때문에 박살이 나서 블랙 매머드의 입장도 난처해진 바가 있다.

그동안 놈을 죽이기 위해 투자한 돈만 해도 천문학적인 금액이었지만 더 이상 실패를 늘린다면 블랙 매머드는 창설 이후 가장 큰 위기를 맞이할 것이다.

블랙 매머드가 유지될 수 있는 유일한 두 가지 이유, 그것은 돈과 정보 아니던가.

그 태생처럼.

물론 태영도 나름 이들이 갑자기 연락하여 그런 이야기를 하는 이유를 조금은 감을 잡고 있기에 서로 원하는 바를 정리하기엔 수월해 보였다.

"알겠네. 우리도 회의해 보고 결정이 되면 다시 연락하도록 하겠네. 지금 걸고 있는 전화기를 가지고 있으면 오늘 안에 답을 주겠네."

"그렇게 하지. 좋은 쪽으로 결론이 났으면 좋겠군그래."

태영은 그렇게 말을 마치고는 암살자들을 보았다.

이놈들을 죽여야 할지 아니면 살려야 할지를 고민이 되어서였다.

놈들이 살아서 과연 인간답게 살 수 있을지는 태영도 장담하지 못하기 때문이다.

"너희는 이제 어떻게 하냐? 그냥 여기서 죽을래?"

"헉! 살려주십시오. 앞으로는 정말로 열심히 살아가겠습니다."

"예, 열심히 살겠습니다. 살려주십시오."

두 놈은 눈물을 흘리며 살려달라고 하고 있었지만 한 놈은 아무런 말을 하지 않고 있었다.

"너는 왜 살려 달라고 하지 않냐?"

태영의 말에 남자는 고개를 들고 태영의 눈을 똑바로 보았다.

"솔직히 내가 여기서 살아간다고 해서 열심히 살 자신이 없어서 그렇습니다. 무엇을 해서 살 것이며 배고픔을 과연 견딜 수 있을지도 자신이 없습니다. 배가 고파 이 짓을 하였는데, 다시 배고픔이 생기면 아마도 저는 다시 같은 짓을 하게 될 것이기 때문입니다."

남자는 솔직하게 말하고 있었고 눈빛을 보니 지금 자신의 행동에 반성을 하는 듯 보였다.

아마도 저런 것이 불교에서 말하는 깨달음이 아닌가라는 생각이 드는 태영이었다.

태영은 놈들을 죽이는 것보다는 기회를 주는 것도 나쁘지 않다는 생각이 문득 들었다.

"너희 두 명은 살려줄 테니 바로 돌아가도록 해라. 그리고 너는 여기 남아라."

태영은 그렇게 말을 하고는 두 명의 남자를 데리고 나갔다.

저들은 이제 고국으로 돌아가면 자신만의 방식으로 세상을 살아가게 될 것이다.

태영은 다시 돌아와서 남자를 보았다.

"너는 여기서 나의 일을 도와주며 살도록 해라. 죽는 것보다는 사는 것이 힘들지도 모르지만 최소한 인간답게 살아보고 죽는 것도 나쁘지 않다고 생각을 한다. 너는 어떻게 생각하냐?"

남자는 태영의 말을 듣고는 한참 생각하는 얼굴을 하다가 고개를 들었다.

몸이 불편하여 움직이지는 못하기에 몸은 그대로였다.

"저를 거두어 주십시오. 저도 사람답게 살아보고 싶었습니다. 이제는 더 이상 이런 짓을 하면서 살고 싶지는 않습니다."

남자의 눈빛에 진심이 담겨 있는 것을 보고는 태영은 이놈을 대오 스님에게 보내야겠다고 생각했다.

스승인 대오 스님은 어려운 사람들을 도우면서 사는 삶을 살기에 이런 이들이 많으면 좋겠다는 생각이 들어서였다.

"그러면 너는 내가 가라고 하는 곳으로 가서 살아보도록 해라. 거기라면 인간답게 사는 것이 어떤 것인지를 잘 알려줄 것이니 말이다."

태영이 세 명의 남자에게 기회를 주는 이유는 바로 블랙 매머드의 문제가 해결을 볼 수 있어서였다.

사실 그동안 블랙 매머드 때문에 은근히 신경이 쓰였는데 스스로 저들이 관계를 정리하자고 하니 태영의 입장에서는 환영할 일이었다.

태영도 이제 결혼을 하고, 가족을 이룰 생각이다.

그런 상황에 자신의 가족을 위험으로 몰 수는 없는 노릇이다.

그 전에 모든 문제를 해결할 필요를 느꼈기에 애만 먹이는 놈들과 좋게 화해하는 편이 낫다.

그렇게 생각하자 놈들을 죽이고 싶었던 마음이 사라지게 만들었던 것이다.

일종의 변덕이라고 보아야겠지만 말이다.

태영이 원하는 대로 블랙 매머드에서 연락이 왔고 놈들은 태영에게 오백만 불의 돈을 지불하는 조건으로 모든 문제를 종결하기로 결론을 보았다.

물론 이번 자금은 전액 스승에게 보낼 생각을 하고 있는 태영이었다.

태영은 남자를 스승에게 데리고 가서 소개하고 블랙 매머드에 대한 이야기도 모두 하였다.

"저들이 오백만 불을 주면서 화해하자고 하였다고?"

"예, 스승님."

대오 스님은 태영이 얼마나 강한지를 알기에 아마도 저들이 태영과 좋지 않은 관계를 가지고 싶지 않아 합의하려 했음을 충분히 짐작했다.

"그러면 이제는 다른 문제가 없는 거냐?"

"아직 일본의 무인들이 조금 걸리기는 하지만 크게 걱정이 되는 정도는 아닙니다. 다시 암살자나 닌자들을 보내면 이번 에는 일본으로 원정을 가보려고 합니다. 물론 일본 무인들의 협회에 이번 일에 대한 보상도 받아야겠지만 말입니다."

블랙 매머드에 합의금을 받았으니 일본 무인에게도 합의 금을 받아야 한다고 생각을 하는 태영이었다.

대오 스님은 일본 무인에게 합의금을 받아야 한다는 생각 에는 동의하는지 고개를 끄덕이고 있었다.

"한국 무인 협회에 가서 일을 처리하면 조금 도움이 될 것 이다. 그리고 합의금은 되도록 이면 많이 받아라. 이번에 새 롭게 건물을 지어야 할지도 모르니 말이다."

"헐……."

*　　　*　　　*

주변에 대한 정리를 마치자 태영은 아주 홀가분한 기분이 들었는지 아주 기분 좋은 웃음을 짓고 있었다.

"이제 장가를 가도 문제가 없으니 다행이다."

태영은 당장에라도 장가를 가고 싶었지만 그동안 자신의

문제 때문에 결혼에 대한 이야기도 하지 못하고 있었다.

말할 수 있는 단계의 문제도 아니니 속이 별로 좋지 않았는데 이제는 당당해 질 수 있게 되었다.

거기에 더해 일본의 무인 협회에는 천만 불의 합의금을 보내라고 하면서 동부의 무인들이 자신에게 닌자와 암살자를 보낸 증거물을 보내주었다.

두 무인을 사사하면서 관계가 좋아지고 있던 판국인데, 거기에 찬 물을 끼얹은 동부 무인들에 대하여 일본의 무인들은 분노를 감추지 못했다.

꽝!

"이런 미친놈들이! 이런 짓을 하고도 무인이라고 할 수가 있는 거요?!"

"회장님 이번 사건은 동부의 무인 모두에게 알려 야마다시 가문이 다시는 권력을 잡지 못하도록 해야 합니다."

"당장 그렇게 하시오. 이자들 때문에 우리 모두가 욕을 먹고 있지 않소. 내가 창피해서 말을 할 수가 없을 지경이오."

협회에서는 야마다시에 대한 징계를 결정하였고 야마다시 가문이 더 이상은 동부의 대표로 있을 수 없는 상황으로 흘러갔다.

그리고 동부의 무인들에게는 모두 지금의 사실을 알려주어 야마다시가 두 번 다시는 고개를 들 수 없도록 함은 물론

이다.

결국 야마다시와 그 일당들은 권력에서 제외를 당하게 되었고 모든 무인의 지탄을 받으며 가문의 돈으로 태영에게 합의금을 보내게 되었다.

이로써 야마다시 가문은 천만 불이라는 자금을 마련하기 위해 엄청난 빚을 지게 되어 완전한 알거지가 되고 말았다.

태영은 천만 불을 지급하지 않으면 직접 일본을 찾아가 경고한 응징을 하겠노라 했었다.

거기에 일본 협회의 대처는 매우 빨랐다.

야마다시 가문의 재산을 모조리 뜯어낸 것.

태영은 야마다시 가문에서 받은 모든 자금을 스승인 대오 스님에게 주었다.

유일한 낙이 바로 남을 돕는 일인 스승에게 도움을 주기 위해서였다.

물론 태영이 모든 자금을 스승에게 준 것은 아니었고 말이다.

태영의 자금은 예전과 마찬가지로 키트가 관리하고 있었고 그 돈은 점점 더 불어나고 있는 중이었다.

"키트야, 우리 자금이 얼마나 되냐?"

"마스터가 가지고 계시는 자금만 해도 이천만 불은 될 겁니다. 지금 주식에 투자를 하였지만 언제든지 원하시면 찾을 수 있는 금액입니다.”

“이천만 불이 적지 않은 돈이기는 하지만 나는 왜 큰돈이라는 생각이 들지 않는 거지?”

태영은 자신이 가지고 있는 돈이 이천만 불 말고도 더 있다는 사실을 모르고 있었다.

이는 키트가 비밀스럽게 자금을 관리하기 때문이었다.

키트는 태영이 가지고 있으면 스승에게 빼앗길 것으로 보고 있어서 절대로 비밀리에 자금을 관리하고 있었다.

태영의 2세가 태어날 때까지는 말이다.

12장

한 단계 업그레이드

까불
지마!

　태영은 자신의 문제에 대해서 모든 것들을 정리하고 나자 마음이 편해져서인지 무인들의 교육도 전과는 다르게 상당히 열정적으로 이루어졌다.

　태영의 생각으로는 이들만 있어도 평생 먹고사는 문제는 걱정이 없었기 때문이다.

　물론 이들이 어느 정도의 경지에 도달하며 다른 이들이 있으니 태영의 입장에서는 걱정이 없었던 것이다.

　무인이라는 숙명을 받아들이는 순간부터 이들은 자신의 가르침을 받게 되어 있었다.

　모든 무인이 검강을 사용하는 자신에게 가르침을 받는 것을 영광으로 생각하기 때문이다.

　지금 태영에게 배움을 받는 이들 중에 가장 발전하고 있는 사람은 바로 진오였다.

　이미 검기를 사용하는 무인이기 때문에 진오에게는 다른 설명이 필요없었고 오로지 실전에 의한 가르침만 남아 있었기 때문이었다.

　아직 내기의 양이 검강을 펼칠 정도는 아니지만 검술 실력은 발군의 실력을 가지게 되었다.

　물론 그와 같이 대련하는 태영 또한 실력의 상승이 진일보하기는 마찬가지고 말이다.

　태영은 진오와 하는 대련이 요즘은 아주 즐거웠기에 자주 대련을 하였다.

　두 사람의 대련은 다른 무인들에게 많은 가르침을 주고 있어 그때마다 모든 무인이 모여 눈으로 보고 있었다.

　"오늘은 그만하지요."
　"헉, 헉, 그렇게 하세."
　진오는 온몸이 땀으로 범벅이 되어 있어 솔직히 이제는 샤워를 하고 싶다는 마음이 간절했다.
　그만큼 오늘은 힘들었다는 이야기였다.

태영은 진오와는 다르게 몸이 땀도 흘리지 않고 있으니 다른 무인들이 신기하게 보고 있었지단 말이다.

태영은 자신의 몸이 점점 발전을 하고 있다는 것을 알고 있지만 검강을 펼치고는 한동안 아무런 반응이 없다가 요즘 들어서 다시 무언가 움직이고 있다는 것을 느끼기고 있었다.

자신은 남들과는 다르게 내기를 가졌기 때문에 그런 것이라 생각을 하지만 그래도 자신이 가지게 된 푸른 빛에 대해서는 솔직히 자세히 알고 싶다는 생각이 있었다.

지금 이 자리에 있게 만든 푸른 빛.

자신을 구원해 준 그 벼락이 태영은 너무나 고맙고, 너무나 궁금했다.

그에 대한 연구를 하지 않는 것은 남들에게 주목받고 싶지 않아서였다.

물론 지금도 주목을 받지 않는다는 것은 아니지만, 그래도 푸른 빛으로 인해 이런 실력이 되었다고 하면 아마도 많은 이들이 실험대상으로 원할지도 모르는 일이었다.

그날 오후,

"이상하네. 갑자기 마음이 편해져서 그런가?"

태영은 집에 도착하여 몸에 이상이 생긴 것이 아닌지 운기를 시작했다.

몸속에서는 무언가 이상한 움직임을 보이는데 겉으로는 변한 것이 없었기 때문에 직접 운기하며 관조하려는 것이다.

그렇게 태영의 운기가 시작되자 금방 삼매경이 찾아들었다.

태영은 지금 자신의 몸이 변화를 기다리고 있다는 사실을 알 수 있었다.

그동안은 몸이 견디지를 못해 움직이지 않았는데 이제는 어느 정도가 되었는지 몸이 또다시 색다른 변화를 하려고 하였다.

검강을 사용하는 자신이 지금 또 다른 변화를 보이게 되면 과연 자신이 얼마나 변하게 될지는 태영도 모르는 일이었다.

태영이 그렇게 자신의 생각에 빠져 있을 때 몸에서는 다시금 기사가 벌어지고 있었다.

태영의 몸에서는 희미하지만 푸른 빛이 나기 시작했고, 그 빛은 점점 강해지고 있었다.

그리고 그 푸른 빛은 태영을 감싸고 회전하기 시작했다.

몸을 두르듯 나선을 만든 푸른 빛은 태영을 타고 회전하며 빛을 흩뿌렸다.

한편, 태영은 몸이 이상이 있다고 생각이 들어 지금 키트가 있는 지하에서 운기를 하는 중이라 그 빛이 새어나갈 염려는 없었다.

한참을 그렇게 빛은 태영의 몸을 감싸고돌더니 천천히 몸 속으로 흡수되고 있었다.

그러다 어느 순간 푸른 빛은 거대한 태영의 형태로 빛을 뿜다가 태영의 몸속으로 스며든 뒤 눈을 통해 번쩍 뿜어졌다.

잠시 후, 태영의 눈이 떠졌고 태영은 내기가 전보다는 두 배는 늘어난 것을 느낄 수가 있었다.

그리고 중요한 것은 내기를 전보다는 더 잘 다룰 수가 있다는 사실을 알게 되었다.

내기를 가지고 기감을 펼치니 전과는 다르게 그 영역이 두 배는 늘었기 때문이었다.

그리고 전에는 기감으로 감을 느꼈는데 이제는 머릿속으로 마치 영화를 보는 것처럼 기감 속에 상대의 움직임이 보이고 있었다.

"헉! 이게 도대체 무슨 징조야?"

발전해서 좋기는 하지만 이거는 마치 무슨 외계인이 되어 있는 것 같은 기분도 들어 태영도 혼란스럽게 느껴졌다.

약간의 시간이 지나자 태영의 혼란한 마음도 어느 정도 진정이 되었고 태영은 자신의 몸에 일어난 변화를 생각하게 되었다.

"푸른 빛이 나의 몸에 새로운 변화를 주고 있는 것은 사실인 것 같은데, 이게 과연 좋은 일인지는 모르겠네. 내기만 강하다고 해서 고수가 되는 것은 아닌데 말이야.”

태영도 검강을 펼치면서 느낀 것들이 있었는데 진오와 대련을 하면서 내기가 많다고 해서 고수가 아님을 깨달았고 자신도 검술에 대해 폭넓은 이해하게 되었기 때문이다.

그래도 진오와 대련을 하면서 요즘은 검술로도 밀리지 않아 다행스럽기는 했다.

그런데 지금 자신의 몸속에 늘어난 내기와 몸에 변화가 온 것이 자신에게 좋은 징조인지 그렇지 않은지를 몰라 본인도 이제는 두려운 생각이 들었다.

푸른 빛이 치료의 효과를 가지고 있다는 사실은 태영도 알고 있었다.

실질적으로 그런 일을 당해보기도 했고 말이다.

푸른 빛을 간절히 원하면 몸에서 빛을 내며 그때마다 태영을 돕고 지켰다.

그 푸른빛 때문에 자신이 지금의 자리를 오를 수가 있기도 했다.

태영은 몸의 변화에 익숙해지기 위해서는 우선 몸을 움직여 보아야겠다는 생각을 하고는 바로 일어섰다.

“우선 몸을 풀면서 변화가 어떤 것인지를 파악하도록 하자.”

태영은 그렇게 생각을 하고는 스승에게 배운 박투술을 펼

쳤다.

파파파팍!

그런데 이거는 전과는 다르게 조금만 움직였는데 더 이상 예전의 자신이 아닐 만큼 빠르게 움직여 어안이 벙벙했다.

시간이 멈추고, 자신 혼자 빠르게 움직이는 느낌이랄까.

태영은 그런 몸의 변화에 어리둥절한 얼굴이 되고 말았다.

이거는 무슨 깨달음을 얻어 변화를 하는 것이 아니라 순수한 푸른 빛이 자신 안에서 각성한 사실을 어렴풋하게 느끼긴 했지만, 명확하게 와닿진 않았다.

"내기가 두 배로 늘고 몸도 빨라졌다는 것은 그만큼 몸이 업그레이드를 한 거라는 이야기인가? 그렇다면 그리 나쁜 일은 아닌데 말이야."

태영은 빨라진 몸에 적응해야 한다고 생각하고는 우선 당분간은 수련을 몰두할 생각으로 내일 수련하는 무인들에게 말하려고 하였다.

다음 날!

무인들이 있는 곳으로 간 태영은 모두에게 자신의 생각을 전하게 되었다.

"모두에게 미안하지만 요즘 무언가 변화가 생기는 바람에 잠시 폐관해야 할 것 같습니다. 그렇게 길지는 않을 것 같으니 한 일주일이나 이주 정도는 제가 없어도 수련을 게을리하지 마시기 바랍니다."

태영이 갑자기 수련을 하기 위해 폐관한다는 소식에 진오가 가장 먼저 놀라고 있었다.

"아니, 거기서 또 발전한다는 거야?"

"미치겠군. 도대체 사범님은 사람이야? 괴물인 거야?"

무인들도 놀라고 있는 것이 검강을 사용하는 최초의 무인이 또다시 발전한 단서를 잡아 폐관한다고 하니 이들이 놀라지 않을 수가 없었다.

태영은 무인들이 놀라는 것이 중요한 것이 아니라 관조의 시간이 필요하여 이런 시선을 감수할 생각이었다.

"어르신과 대련하면서 느낀 것들을 이번 폐관에서 저의 것으로 만들려고 합니다."

진오는 태영이 그렇게 말을 하자 어쩔 수 없다는 얼굴을 했다.

"본인이 발전한다는 것을 막을 명분은 없지 않나. 어서 가 보게. 하지만 남들이 자네는 질투하고 있다는 사실은 명심해 주기 바라네."

진오의 말대로 무인들은 태영의 발전에 스스로 질투하고 있었다.

검강을 사용하는 무인이기에 질투하였는데, 이제는 그것도 모자라 더 발전하겠다고 선언했다.

무인으로서의 갈망과 질투가 더더욱 커지는 순간이었다.

그렇게 태영은 폐관을 하게 되었고, 한국 무인들도 태영의 소식에 샘이 나지 않을 수 없었다.

"아니, 도대체 그 사람은 다른 무인들은 생각지도 않나? 혼자만 잘났다고 그렇게 발전을 하면 어쩌자는 거야?"

"내 말이. 잘난 놈은 저렇게 발전을 하는게 말이야."

무인들도 사람이기 때문에 태영의 발전에 기분이 좋지만은 않았기에 하는 소리였다.

하지만 그렇지 않은 무인도 있었는데 바로 태영에게 도움을 받은 한재훈이었다.

"하하하, 태영 씨가 또 발전한다고 하니 아주 기분이 좋습니다. 부디 또 다른 경지에 도달하여 나를 기쁘게 해주기를 바랍니다."

한재훈은 남들이 무슨 소리를 해도 태영의 발전을 축하하고 있었다.

대오 스님은 제자가 이번에 또다시 깨달음을 얻었는지 폐관한다는 소식을 듣고는 진심으로 놀라고 있었다.

"허허허, 말년에 제자를 얻었는데 이거야 완전히 횡재를 한 기분이 드는구나."

태영의 발전은 대오 스님도 기쁘게 해주었지만 선무도에 있는 분들이 더욱 좋아 했다.

선무도를 배워 그런 경지에 도달하였다고 소문이 나고 있어서였다.

덕분에 선무도를 배우겠다고 하는 사람들이 늘어 요즘은 아주 좋다고 난리들이었는데 더욱 발전을 한다고 하니 기분이 좋지 않을 수가 없는 일이었다.

이후 태영은 폐관에 들어 운기와 수련을 거듭하고 있었다.

검을 들고 나서는 조금 걱정이 되는 얼굴을 하는 태영이었다.

검기를 사용하려고 하면 검강이 나오고 있었기 때문이다.

내기를 운기하는 것을 전보다 세밀하게 하고 있는데 그럼에도 불구하고 약간의 내기만으로도 그 규모가 달라져 제어하기 힘들었다.

결국 세밀하게 내기를 다스려야 한다는 마음에 태영은 운기에 집중하여 세밀하게 자신을 관조하며 이를 운용하는 데 집중하기 시작했다.

자신의 건물 지하에서 운기만 하고 있는 태영은 모르지만 지금 태영의 또 다른 발전으로 인해 중국과 일본은 아주 난리가 났다.

안 그래도 강한 태영이 또다시 발전하면 도저히 자신들로선 승산이 없었다.

검기를 사용한다는 중국의 무인 진오도 아직 검강을 사용하지 못하기 때문이다.

검강은 오로지 태영만 사용을 하고 있었기에 다른 두 나라는 그런 태영의 발전이 곱기만 한 시선으로 보지는 않았다.

삼 주라는 시간이 지났다.

그리고 태영은 폐관을 마치고 세상의 빛으로 나왔다.

그의 눈에는 푸른 빛이 희미하게 감돌고 있었다.

폐관을 마치고 나온 태영을 맞이한 것은 대오 스님이었다.

"스승님, 여기는 어쩐 일이십니까?"

"허허허, 또 다른 깨달음이 있다는 소식을 듣고 온 것이다. 어쩐지 나올 것 같은 예감이 들더구나. 꿈을 꾸었거든. 그래, 정리를 되었느냐?"

"예, 약간의 깨달음을 정리할 수 있었습니다. 그런데 스승님 제가 익히고 있는 운기법도 무언가 조금 부족한 것 같습니다. 제자가 운기하면서 느낀 것인데 어딘지 이상한 느낌이 들어서요."

태영의 말에 대오는 크게 놀란 얼굴을 하며 태영을 보게 되었다.

"아니, 그런 사실을 어찌 알았느냐?"

"운기하면서 몸의 변화에 적응하려고 하였는데 이상한 느낌이 들어서 여쭌 것입니다.”

태영은 이미 운기에 대해서는 이제 더 이상의 가르침이 필요없는 상태였다.

하지만 궁금증은 가르침과는 달랐기에 마침 스승이 있기에 물은 것이다.

“허허허, 운기법은 정상적이지만 문제는 선대의 분들도 그런 말을 하기는 했다. 하지만 모두 자신의 깨달음에 대한 이야기는 하지 않았기에 문에 남아 있는 것이 없는 것이다. 이제부터는 오로지 너 스스로 정진을 해야만 할 것이다. 무슨 뜻인지 알겠느냐?”

“알겠습니다, 스승님.”

태영은 스승의 이야기를 듣고야 이해하였다.

더욱 크게 나가기 위해서는 더 많은 수련이 필요하지만 이는 수련만 한다고 얻어지는 아니었다.

그리고 이제는 스스로 자신의 길을 풀어나갈 때가 되었노라고 태영은 확신했다.

태영의 앞날이 푸르게 빛났다.

『까불지 마!』 완결

이제부터 전자책은

이젠북

www.ezenbook.co.kr

새로운 세계가 열린다!

한백림 『천잠비룡포』   천중화 『그레이트 원』
좌백 『천마군림』   송진용 『몽검마도』
현대백수 『간웅』   김석진 『더블』
김정률 『아나크레온』   백연 『생사결-영정호우』
임준후 『켈베로스』   예가음 『신병이기』
진산 『화분, 용의 나라』   남운 『개방학사』

이름만 들어도 황홀할 정도의 별들의 향연!

이들의 "유료연재"가 시작됩니다!

검색창에 **이젠북** 을 쳐보세요! ▼ Q 

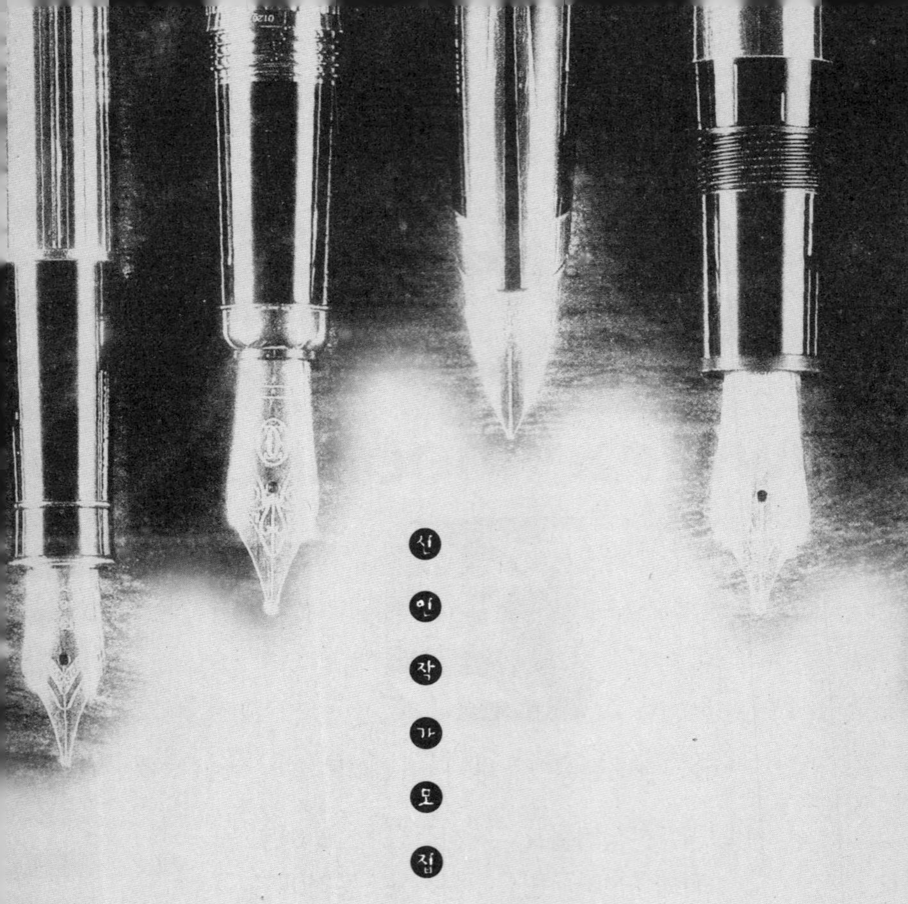

신
인
작
가
모
집

시작이 반이라고 했습니다.
작가의 길에 대한 보이지 않는 벽을 과감히 깨뜨리십시오!
청어람은 작가 지망생 여러분들의
멋진 방향타가 되어드리겠습니다.

저희 도서출판 청어람에서는
소설 신인 작가분들을 모집합니다.
판타지와 무협을 사랑하시는 분들의 많은 참여를 바랍니다.
소정의 원고(A4용지 150매)를 메일이나 우편으로 보내주시면
검토 후 출판 여부를 알려드리겠습니다.

주소: 경기도 부천시 원미구 심곡2동 163-2 서경 B/D 2F 우편번호 420-822
TEL: 032-656-4452 · FAX: 032-656-4453
http://www.chungeoram.com
e-mail: chungeoram@chungeoram.com

Book Publishing CHUNGEORAM

가즈나이트 R

Gods Knight

이경영 판타지 장편 소설

이제는 그 전설조차 희미해진 옛 신계, 아스가르드.

그 멸망한 신계의 전사가 새로운 사명을 품고 다시금 인간들의 곁으로 내려온다.

텔런트라는 이름의 적들, 되살아나는 과거,
그리고 가치관의 차이.

그 모든 것들과 맞서 싸우려는 그녀 앞에 신은 단 한 사람의 전우를 내려준다.

그는 붉은 장발의, R의 이름을 가진 남자였다!

초대작 「가즈 나이트」의 부활!
신의 전사들의 새로운 싸움이 지금 시작된다!

Book Publishing CHUNGEORAM

유행이 아닌 자유추구 -
WWW.chungeoram.com

허담 新무협 판타지 소설
FANTASTIC ORIENTAL HEROES

수선경

작은 샘이 바다로 모여들 듯,
만류의 법이 하나로 회귀하듯,
다섯 개의 동경이 드디어 하나로 모인다.

검을 만드는 사람과
검을 쓰는 사람,
그리고 검을 버리는 사람의 이야기!

천명을 타고 태어난 **청풍**과 **강검산**
그리고 혈로를 걸어온 살수 **타유**,
그들이 다섯 줄기의 피의 숙명과 마주한다.

Book Publishing CHUNGEORAM

유행이 아닌 자유추구 -
WWW. chungeoram.com

면 왕 백 리 휴

FANTASTIC ORIENTAL HEROES

무진등 新무협 판타지 소설

麵王百里休

'맛있는' 무협이 펼쳐진다!

가문의 선조가 남긴 비서
'백리면요결(百里麵要訣)'
모든 이야기는 이 서책으로부터 시작되었다.

『면왕 백리휴』

면요리의 극의를 알고자 하는 자,
모두 나에게로 오라!

Book Publishing CHUNGEORAM

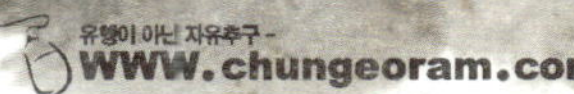

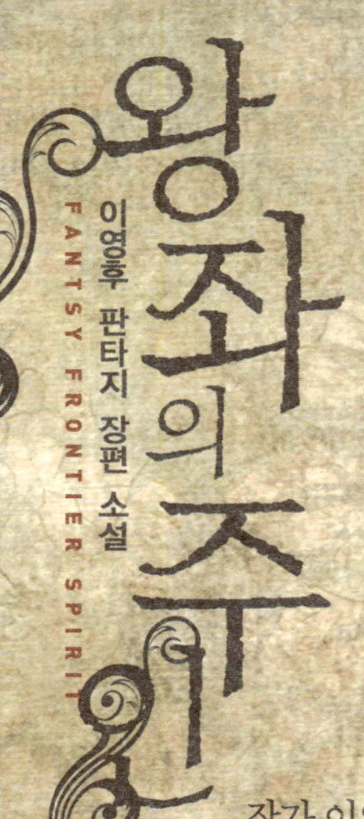

왕좌의 주인

이영후 판타지 장편 소설

FANTSY FRONTIER SPIRIT

작가 이영후가 선보이는 야심작!
가슴을 떨어 울리는 판타지가 찾아온다!

『왕좌의 주인』

세계를 몰락 위기로 몰았던 이계의 절대자들
그들의 유적이 힘을 원한 자들을 불러들이고…
그 힘을 취한 어둠은 암암리에 세계를 감쌀 뿐이었다.

"세계를 구원할 것은 너뿐이구나."

어둠을 걱정한 내 영웅은 하나의 희망을 키워낸다.
이계 최강의 절대자 티엔마르.
그리고 이 모두의 힘을 이어받은 새로운 존재…
은빛의 절대자 레오!

Book Publishing CHUNGEORAM

유행이 아닌 자유추구 —
WWW.chungeoram.com

FUSION FANTASTIC STORY

버퍼
Buffer

이영균 장편 소설

사귀던 연인에게 이별 통보를 받은 어느 날,
송염을 찾아온 기이한 인연‥….

『버퍼』

처음 보는 노신사와
그가 내민 소주잔‥아니 손길.

"난 그 힘을 버프라고 부른다네."

의문의 힘은 송염에게 이어지고,

"…그리고 이젠 자네가 버퍼일세."

지구 유일의 버퍼, 송염!
그 위대한 발걸음에 주목하라!

Book Publishing CHUNGEORAM
WWW. chungeoram.com

『가면의 레온』『무적문주』『신필천하』의 작가
눈매 新무협 판타지 소설

『가면의 마존』

중원을 공포에 떨게 만든 희대의 악마, 혈마존.
혈마존의 혼을 잃어버린 염라계는 결국 레온의 영혼을
혈마존의 몸에 집어넣는데!

'내, 내가‥ 그렇게 흉악한 사람이었다니! 믿을 수가 없어!'

기억을 잃은 채 혈마존의 몸에 부활한 레온.
본성이 착한 레온은 천하의 악인이 되어
혈마교를 이끌어야 하는데……

"아무래도 어긴 나랑 안 맞아!"

Book Publishing CHUNGEORAM

유행이 아닌 자유추구
WWW.chungeoram.com